마음이 자라는 그곳, 지중해

마음이 자라는 그곳, 지중해

초판 1쇄   2009년 1월 5일
지은이   홍수정
펴낸이   김영재
펴낸곳   책만드는집

주소   서울 마포구 합정동 428-49번지 4층 (121-886)
전화   3142-1585·6
팩시밀리   336-8908
전자우편   chaekjip@chol.com
등록   1994년 1월 13일 제10-927호
ⓒ 홍수정, 2009

ISBN 978-89-7944-297-7 (03810)

이 도서의 국립중앙도서관 출판시도서목록(CIP)은 e-CIP
홈페이지(http://www.nl.go.kr/cip.php)에서 이용하실 수 있습니다.
(CIP제어번호:CIP2008003706)

마음이 자라는 그곳,

지중해

아직 어른이 되지 못한 서른둘 그녀의 성장 여행기

홍수정 글 · 사진

책만드는집

Prologue

　　… 나에겐 일명 '지영이 백'이라 불리는 가방이 하나 있다. 3초당 한 번씩은 대로변에서 마주치게 된다는 가방. 친구 손자 돌잔치에서 남은 떡들을 쑤셔 넣는 엄마들의 든든한 팔목에서부터, 교양서적 두어 개쯤 처박아둔 채 소개팅 나가는 대학 새내기들의 야리야리한 손목에서까지 발견되는 그 가방. 누군가에겐 허영의 산물일 수도, 또 누군가에겐 다가가기 힘든 그림의 떡일 수도 있는 바로 그 가방. 그런 가방을 난, 이제 더 이상 만 나이로도 어떻게 우겨볼 도리가 없는 서른한 번째 생일에서야 손에 넣었다. 그것도 가까운 지인들이 모아준 생일 기념 성금을 통해.

워낙 그쪽 방면엔 관심이 그닥 크지 않을뿐더러 '가볍고 튼튼하면 됐지 가방 하나에 뭘 그렇게 쏟아붓나, 그럴 여유 있으면 내실을 키우는 데 일

조하겠다!'는 이유였다면 거짓말이고, 사실 돈이 없었다. 누구는 방송 작
가 하면서 억대로 돈을 모았다며 책까지 쓰고, 월 천 작가네, 회당 얼마
네, 말도 많은 이 동네에서 밥값과 커피 값으로 점철된 카드 명세서에 한
숨 쉬고, 출처도 가물가물한 아주 사소하고 쓸데없는 곳으로 술술 빠져
나가는 현금에 아쉬워하며, 그 흔한 펀드 하나 들지 않고 꼴랑 3년 만기
적금 통장 하나 근근이 붓고 있다는 것만으로도 뿌듯해하는 경제관념 빵
점인 나로서는, 그것은 사치였다.

사실, 사려면 살 수도 있었다. 구경도 수차례 했다. 하지만 막상 맘먹고
찾아간 그곳에서 일렬횡대로 늘어선 숫자들과 마주칠 때마다 '아니, 이
돈이면 홍대 앞에서 깔별로다 열다섯 개는 족히 사겠구먼……' 하는 경
제학적 기회비용 원리와 '다음 달엔 결혼식도 많아서 축의금만 해도 장
난 아닐 텐데. 할부로 한다 해도 개편 때 어떻게 될지 모르는데……' 하
는 미래 지향적 사고와 '우리 엄마도 천 쪼가리 가방 들고 다니는데 내가
무슨……' 하는 뜬금없는 효성이 물밀듯 밀려 들어와 조용히 물건을 내
려놓고 총총 발길을 옮기곤 했다. 그러고는 쓸쓸히 쇼윈도를 돌아보며
나지막이 되뇌었다. "안녕, 지영아. 이 언니가 조금만 더 여유 생기면 다
시 올게. 그때까지 품절되면 안 돼. 환율도 오르면 안 돼."

내게 있어 여행은 '지영이 백'이다. 감색 이스트백 혹은 낙타색 닥터마
틴 신발만큼이나 배낭여행이 유행이었던 대학 시절, 서너 탕씩 과외를
뛰며 학교를 다니던 나로서는 역시나 그것은 사치였다. 그러나 또한 가

려면 갈 수도 있었다. 하지만 그때마다 생겨나는 자기 합리화스러운 생각들—예를 들면, 이 많은 과외 자리를 어디서 또 구하나 하는—로 인해 포기하곤 했다.(아무튼 어딜 가나 이놈의 '생각'들이 문제다.) 그러면서 또 생각했다. '내가 스스로 당당한, 진짜 어른이 되면, 그때 꼭 떠나리라!' 하지만 누가 그랬던가. 한때는 돈이 없어 떠나지 못하고, 돈이 생기면 시간이 없어 못 떠나며, 돈과 시간이 다 있을 땐 체력이 달려 주저앉는다고. 내가 딱 그 짝이었다. 언감생심 휴가는 꿈도 못 꾸던 막내 작가 시절을 거치고, 그나마 1년에 한두 번 일주일씩 떠나는 휴가에 마음을 달래던 시절을 보내면서 늘 노래만 불렀다. "♬점점 더 멀어져 간다~"

그러던 어느 날, 아니 정확하게 '지영이 백'을 손에 넣은 바로 그날, 일도 없는데 괜히 들렀던(절대 가방 자랑 하고 싶어서 간 건 아니다) 사무실에서 급소개팅 제의를 받았고 며칠 후 만남의 장이 이뤄졌다. 형식적인 이야기가 오가고 난 후 그는 내게 왜 결혼 안 하느냐는 소릴 가끔 듣지 않느냐고 질문을 했다. 가끔은 무슨, 자주 듣지. 하지만 내겐 평소 준비해둔 필살의 대답이 하나 있다.

나 : 저, 내년 봄에 결혼해요.
그 : (동공 커지며)네?
나 : ……혹시 그때, 누군가 내 옆에 있다면 말이죠.
그 : 하하. 그렇게 빠져나가는군요. 그런데 왜 하필 내년 봄이에요?
나 : 적금 타거든요.

그 : 아, 단지…… 그 이유?

나 : 네.

그 : 만약, 누가 없으면요?

나 : 그럼 그 돈으로 여행 갈 거예요. 일도 접고, 나 혼자, 아주 기이일~게.

이쯤 되면 다들 무릎을 치며 역시 하는 표정으로 멋지다든가, 훌륭한 계획이라든가 하는 반응을 접대용으로라도 보인다. 그럼 나는 석 달 열흘 엘라스틴 한 전지현처럼 머리카락을 슬쩍 뒤로 넘기며 도도하게 팔짱을 낀다거나 커피 잔을 든다거나 하면 된다. 하지만…….

그 : 아마…… 어려울걸요?

나 : 후읍(하마터면 마시던 커피를 흘릴 뻔했다). 네?

그 : 돈이고 시간이고를 떠나서 손에 쥐고 있는 뭔가를 놓는다는 거……
　　참 어렵잖아요.

이건 무슨, 무릎이 닿기도 전에 모든 걸 꿰뚫어 보는 무릎팍 도사도 아니고……. 치명적인 비밀을 들킨 듯 머쓱해진 난 거만했던 자세를 고쳐 앉고 두 손으로 공손히 커피 잔을 떠받들어 마시며 결심했다. '두고 보라지. 내 기필코 시집이든 여행이든 반드시 가리랏!'

그리고 1년 후, 대망의 그날이 왔다. 그동안 일도 술술 풀렸고 새삼스레 공부도 시작했다. 겉으로 보기엔 아무 문제 없고 앞으로 나갈 일만 남은 상황. 하지만 뭔가 허전했다. 이게 다는 아니라는 생각이 들었다. 특별한 동기도 없었다. 그저 "내년에 여행 못 가겠네?"라는 문자 메시지와 함께 시작했던 그와의 연애가 끝났다는 정도? 그때, 매일매일 원고 면 막음에 치여, 평형별 아파트 평면도를 바라보며 해대던 신혼집 인테리어 상상에 밀려, 잊고 있던 여행에 대한 호기 넘치던 공약이 떠올랐다. 그래, 나에 게 이런 계획도 있었지. 몇 날 후에 특집 방송이 있고, 몇 주 후에 개편이 돌아오고, 몇 달 후에 상견례 날짜를 잡고, 몇 년 후에 집을 장만하는 따 위의 계획이 아닌, 오롯이 나만을 위한, 나 혼자여도 충분한 내일에 대한 기대가 있었더랬지. 순간 헛헛했던 가슴은 12첩 반상의 수라상을 받아 든 만큼이나 충만해졌고, 나도 모르게 비실비실 웃음이 새어 나왔다.

몇 해 동안 눈독만 들이던 가방을 서른하나 생일날 갑작스레 선물 받은 것처럼, 그렇게 갑작스레 일을 접고 길을 나선다. 가방 하나 사는 데 20분 도 채 걸리지 않듯이, 12년을 기다려온 여행의 기간은 고작 100일. 하지 만 인-아웃 도시 결정하는 데 정신 팔려 대충 정해버린 입·출국 날짜가 딱 떨어지는 숫자 100이라는 것만으로도 맘에 든다. 지도를 펼쳐놓고 무 작정 눈에 들어오는 지중해 라인을 따라 밑줄 긋듯 쫙 정해버린 루트도 맘에 든다. 때맞춰 만기 된 나의 구세주 정기적금 통장도 매우 맘에 들어 주신다. 생각해보면 일터의 온갖 짜증 유발자들도, 어느 날 갑자기 연락 을 뚝 끊어버린 그도 모두 날 떠나보내기 위해 존재했던 건 아닐까 싶다. 온 우주의 중심이 바로 나인 것 같다. 나를 중심으로 태양이 돌고, 지구 가 돌며, 별들이 움직이는 듯하다. 꿈도 이상도 아닌, 뜬구름 같은 막연

한 상상이 이뤄지는 순간. 지금까지의 내가 아닌, 완전히 새로운 내가 되어버릴 것만 같은 기대. 바닥에서 5cm쯤 붕 떠 있는 듯한 설렘. 사랑하는 사람의 손에 끌려 자꾸 으슥한 곳으로 향할 때와 같은 기분 좋은 두려움. 최고의 향만을 모아 만들어낸 최상의 향수병처럼, 내 가슴속은 온통 순도 100% 기분 좋은 감정들로 가득 차 있다. 그리고 드디어 그 뚜껑을 열어야 할 순간이 오고야 만 것이다.

Contents

Prologue 004
Opening 015

 1부_ 나를 버리고 너를 얻는다 : 스페인

S#1_ 설렘 없는 여행의 시작
[마드리드] - 세고비아, 톨레도, 캄포 데 크립타나 018

S#2_ 한없이 뜨거운 그곳
[세비야] 030

S#3_ 적어도 세 번은 만나봐야
[코르도바, 론다] 038

S#4_ 지중해, 파도 넘나들기
[코스타 델 솔] - 밀라가, 마르베야, 네르하 048

S#5_ 하나만 건지면 돼
[그라나다] 058

S#6_ 머물고 싶은 순간
[바르셀로나] 066

CM1 여행 중 입고, 먹고, 자기 078

South France

2부

잡힐 듯 잡히지 않는 그곳 : 남프랑스

S#7_ 단 하루의 추억
〔님〕 090

S#8_ 더 좋아하는 사람이 약자이기 마련
〔아를〕 096

S#9_ 화장 지운 이곳은 어떤 모습일까?
〔아비뇽〕 102

S#10_ 향기로운 추억
〔엑상프로방스, 마르세유〕 112

S#11_ 느릿느릿, 여유 있게
〔니스, 에즈빌라즈, 생폴드방스〕 120

CM2 영어, 100일만 여행하면 홍양만큼은 한다 128

3부_ 여행이 아닌, 생활을 꿈꾸며 : 이탈리아

S#12_ 설렘을 연습하다
〔베네치아〕 136

S#13_ 울림
〔베로나〕 144

S#14_ 딴 길로 새기
〔말체지네〕 152

S#15_ 사랑이 다른 사랑으로 잊혀지네
〔피렌체〕 160

S#16_ 작은 도시가 아름답다
〔친퀘테레, 피에졸레, 코르토나, 아시시〕 172

S#17_ 나이 듦에 대하여
〔로마〕 182

S#18_ 내겐 조금 두려운 아름다움
〔포지타노, 카프리, 나폴리, 소렌토〕 190

CM3 달리거나 혹은 날아가거나 200

Italy

Greece
Turkey

4부 조금은 새로운 내가 되길 : 그리스, 터키

S#19_ 지금, 있는 그대로
〔아테네〕208

S#20_ If……
〔이스탄불〕218

S#21_ 비행기 표 찢는 사람들
〔카파도키아〕228

S#22_ 날아오르다
〔페티예〕238

S#23_ 오후만 있던 그곳
〔파묵칼레, 셀축〕248

S#24_ 우리들이 함께 있는 밤
〔쿠사다시, 다모스, 미코노스〕258

S#25_ 숨 고르기
〔산토리니〕270

S#26_ 여행의 끝, 그리고 시작
〔아테네, 나프플리오〕282

CM4 혼자 여행하기의 진수 288

Closing 295

Opening

진정한 여행

가장 훌륭한 시는 아직 쓰이지 않았다
가장 아름다운 노래는 아직 불리지 않았다
최고의 날들은 아직 살지 않은 날들
가장 넓은 바다는 아직 항해되지 않았고
가장 먼 여행은 아직 끝나지 않았다

불멸의 춤은 아직 추어지지 않았으며
가장 빛나는 별은 아직 발견되지 않는 별
무엇을 해야 할지 더 이상 알 수 없을 때
그때 비로소 진정한 무엇인가를 할 수 있다
어느 길로 가야 할지 더 이상 알 수 없을 때
그때가 비로소 진정한 여행의 시작이다

－Nazim Hikmet

1부 _ 나를 버리고 너를 얻는다

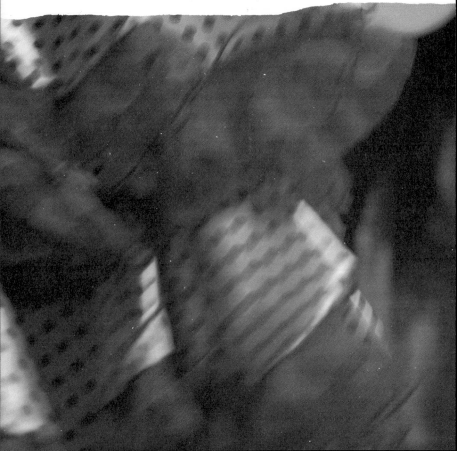

스페인

설렘 없는 여행의 시작

마드리드 (Madrid) - 세고비아, 톨레도, 캄포 데 크립타나

_BGM.1

새로운 풍경에 가슴이 뛰고 별것 아닌 일에도 호들갑을 떨면서
나는 걸어가네 휘파람 불며 때로는 넘어져도 내 길을 걸어가네

– 김동률, 〈출발〉

여행 아흐레째. 이상하다. 설레질 않는다. 새롭지도 않다. 멋진 풍
경, 황홀한 그림, 근사한 식탁 앞에서 그저 '좋네……' 하는 낮은
감탄사만 날릴 뿐, 그 이상도 그 이하도 없다. 왜 이러지?
시작부터 거슬러 올라가 생각해본다.

나고야에서 갈아탄 파리행 비행기. 그래, 옆자리에 사람이 너무
없었어. 과하게 편했던 거지. 팔걸이를 모두 올려젖히고 여분의
담요 석 장을 둘둘 말아 기댄 채 다운 받아 온 영화나 보고 앉아
있는 형상은, 이 여행과 맞지 않아. 적어도 옆자리에 암내 나는 중
동 아저씨 내지는 말 많은 프랑스 할머니 정도 앉아주시고, 군기
빡 든 이등병처럼 허리를 곧추세우고 앉아 불편한 다리를 이리 꼬
았다 저리 꼬았다 했었어야 해.
그리고 파리에서의 며칠, 친구 집에 있었잖아. 그곳에서 만나 함
께 다닌 후배도 있었잖아. 심지어 3년 전에 다녀왔던 곳이잖아.
파리는 그냥, 워밍업이었어. 오랜 친구와의 재회, 이뻐하는 후배

의 가이드 역할. 이건 내가 생각한 여행 축에 들지도 않아.

자, 그렇다면 마드리드! 여기서부터 다시 시작해보자. 뭐가 문제였지? 민박! 맞다. 본격적인 여행의 시작이라고 겁먹어서는 괜히한인 민박을 선택했어. 노랑머리에 파란 눈 친구들 득실대는 호스텔로 먼저 갔어야 했는데. 게다가 위치는 왜 이렇게 좋아? 길 한번 잃지 않았네. 자고로 여행이란 헤매기도 하고 말이지, 급박한상황도 생겨나고 말이지, 좀 그래야 하는 거 아냐?

세고비아? 비 왔잖아. 명색이 백설공주의 성이 있는 곳인데, 비가 오면 쓰나? 쨍~한 사진 한 장 못 건졌잖아.

톨레도의 전경은 좋았어. 파라도르 테라스에서 마신 와인도 좋았고. 근데 말이야. 그런 곳에선 혼자 있었어야지, 혼자. 물론 다들 좋은 사람들이었지만, 그럴 땐 나 홀로 턱 괴고 앉아서 커피 잔도 좀 기울이고, 글도 좀 끄적대고, 사색에도 좀 잠기고, 그래야 있어 보이는 거라고.

여기까지 생각이 미치는 와중에 어느덧 기차는 목적지에 도착했다. 캄포 데 크립타나. 돈키호테가 거인으로 착각하고 겁 없이 덤비던 풍차가 있는 바로 그곳. 달랑 풍차 몇 개 말고는 별다른 볼거리가 없다는 그곳을 좀 더 느끼기 위해 떠나기 전부터 스페인어판 완역본 『돈키호테』도 읽었던 참이다. 하지만 700여 페이지에 달하는 소설책 외엔 내가 갖고 있는 정보라곤 고작 기차역에서 내려 한 20분 정도 언덕길을 올라가야만 풍차를 만날 수 있다는 것 정도였다. 인포메이션 센터는커녕 역무원 하나 없는, 마치 시골 버스 정류장 같은 한적한 그곳이 무인역에 내리고 나니 한없이 리와인드 되던 머릿속은 잠시 일시 정지. 심지어 길은 세 갈래로 나누어져 있다. 자, 이제 어디로, 어떻게 가야 하나?

관광객스러워 보이는 인물 하나 찾지 못한 채, 눈빛이 선해 보이는 한 스페인 청년에게 길을 물어본다. 다행히 나에 비해 그의 영어가 유창해 대충 가는 법을 전해 듣고 뜨거운 뙤약볕 아래 타는 듯한 아스팔트 길을 걷는데, 감색 소형차 하나가 스르륵 옆에 선

다. 차에서 내리는 인물은 방금 길을 알려줬던 그 청년이다. 자신의 아버지가 이곳에서 작은 호텔을 운영하는데 나와 같은 기차를 타고 온 다른 손님을 마중 나온 길이었다고, 그곳까지 걸어가려면 꽤 힘들다고, 어차피 방향이 같으니 중심 광장까지라도 태워주겠다고 한다. 다행히 차 안엔 인심 좋아 보이는 그의 아버지도 계시

고, 작은 가방을 무릎 위에 얌전히 올려둔 점잖은 신사 분도 계시기에 겁도 없이 올라탔다. 그 친절한 청년의 이름은 알폰소. 방학을 맞아 고향에 와서 아버지 일을 돕고 있단다. 이곳도 처음이고, 스페인도 처음이라는 내 얘기에 자신의 호텔에 들러 지도도 챙겨주고 호텔 주소와 전화번호를 적어주며 혹시 기차를 놓치거나 이곳에 좀 더 머물고 싶어지면 언제라도 찾아오란다.

훈훈한 마음을 안고 차에서 내려 지도를 따라 풍차가 있는 곳으로 향했다. 온통 새하얀 집들과 담, 그 길을 따라 조금 걷다 보니 그야말로 거대한 풍차 하나가 떡하니 서 있다. 다른 이들의 조언처럼, 정말이지 풍차밖에 없다. 아니, 있었다. 마른 풀들이, 뜨거운

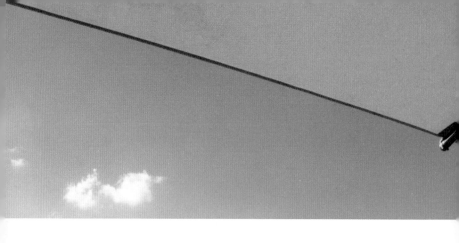

태양이, 후끈한 바람이.

그 뜨거운 기운을 정수리와 발바닥으로 전해 받으며 마냥 서 있는
데, 왠지 눈물이 날 듯한 기분이 들었다. 이유는 없었다. 아니다.
역시나 있었다. 띄엄띄엄 놓인 풍차들 사이로, 길게 늘어진 나의

그림자를 보고 만 것이다. 나침반은 없었지만 그 그림자의 끝은 동쪽을 향하고 있는 듯 보였다. 서울에 두고 온 가족, 일, 사람들, 그리고 지나간 사랑……. 이들의 무게감으로 인해 그동안 난, 그다지 행복하지 않았던 것이다. 모든 것은 그저 핑계일 뿐, 몸은 이곳에 있지만 머리와 가슴은 미련이란 족쇄에 묶여 방향감각을 상실한 채 계속 헛돌기만 하고 있었다는 사실을 깨닫고야 말았다. 지난 상처를 또 겪게 될까 봐 주저하고, 그때와 같은 실수를 되풀이할까 봐 쉽게 포기하면서 결국 지금의 이 감정을 제대로 만끽해보지도 못한 채 뒤돌아서곤 했던 지긋지긋한 악습이, 연애도 아닌 여행에서까지 자행되고 있었다니.

뒤통수를 세게 얻어맞은 기분으로 한참을 그렇게 있다가 다시 차를 타고 왔던 길을 거슬러 걸어 내려갔다. 대문에 걸어둔 작은 화분이 예쁘다. 체 게바라의 얼굴이 찍힌 소형차 엉덩이가 귀엽다. 바싹 마른 듯한 돈키호테의 동상이 유쾌하다. 오토바이를 타고 지나가던 아저씨가 손을 흔들어준다. 같은 길을 지나면서도 보지 못했던 수많은 풍경이 되살아난다. 그리고 생각난다. 퍼즐을 맞추듯 의미 하나하나를 찾아보았던 보슈의 그림이, 마요르 광장 근처 바에서 모두 하나가 되어 응원했던 유로 2008 이태리전 경기가, 빗속을 뚫고 뛰어 들어가 먹었던 세고비아의 새끼 돼지 요리가, 그리고 톨레도에서 함께했던 대학생 친구들과의 청춘 예찬에 대한 수다가…….

조금의 미련을 버리고 나니 이런 새로운 감정이 채워진다. 마음은 비우지 못한 채, 꾸역꾸역 담아 넣을 생각만 하고 있었다는 게 얼마나 어리석은 일이었던가. 한꺼번에 모든 걸 비우기란 어렵겠지만 조금씩 버리고, 그만큼 또 얻고, 또 그만큼 버리고 얻다 보면 내 안에 좋은 기운이 가득 차겠지. 자, 이제야 준비가 된 듯하다. 마음을 비울 준비, 그리고 제대로 이 길을 즐길 준비.

S#**2**

한없이 뜨거운 그곳

세비야(Sevilla)

_BGM.2

치자꽃 두 송이를 그대에게 주었네 사랑한다 말하고 싶어서 내 사랑
그 꽃은 당신과 나의 심장이 될 거요

– Buena Vista Social Club, 〈Dos Gardenias〉

덥다. 너무 덥다. 섭씨 40도가 넘는 건 기본, 가르마 사이로 타들
어 가는 태양의 느낌이 전율한다.
뜨겁다. 너어~무 뜨겁다. 은은한 야경에, 그루브한 리듬에, 달콤
한 샹그리아에 취한 그들의 뜨거운 정열이 전율한다.

세비야의 낮과 밤은 사뭇 다르다. 마드리드를 출발, 올리브나무와
해바라기가 끝없이 펼쳐진 안달루시아의 평원을 달려 도착한 세
비야의 밤은 그야말로 축제 분위기였다. 마침 그날이 유로 2008의
4강전이 펼쳐졌던 날이라, 결승 진출이 확정된 현지인들은 모두
들 빨강과 노랑이 교차되는 국기를 뒤집어쓰고 나와 환호를 외치
고 있었다. 커다란 캐리어를 끌고 호스텔을 찾아 헤매면서 그들을
바라보고 있자니, 6년 전 이맘때의 서울이 떠오르면서 왠지 모를
공감의 뜨거움이 내 안에서도 함께 분출됐다.

그리고 다음 날 아침, 세비야의 대표적인 명소 카테드랄을 찾았

다. 어제의 그 뜨겁던 분위기는 온데간데없고 고즈넉한 성당 뒷마
당의 채 익지 않은 오렌지나무들만이 나를 반긴다. 대도시인 마드
리드에 있다 와서 그런지 좀 더 차분하게 느껴지는 세비야의 분위
기가 좋아 그렇게 한참을 길을 따라 걷기 시작한다. 하지만 잠시
후 어젯밤의 뜨거움과는 비교도 안 될, 타들어 가는 듯한 태양의
공습이 시작됨에 따라 시원한 곳을 찾아 들어가기 바빠진다.

뜨겁게 사랑하고 뜨겁게 살고 싶은데 일생 수족냉증이고나

결국 세비야에서의 하루는 정확히 3등분 되어 시간대별로 움직일 수밖에 없었다. 우선 아침 일찍 일어나 호스텔에서 주는 빵과 우유, 시리얼 따위로 대충 배를 채우고는 나름대로 유명하다는 곳들을 돈다. 한때 이곳을 점령했던 이슬람의 역사가 남아 있는 알카사르, 한 휴대폰 광고의 배경이 되어 익숙한 스페인 광장, 오페라 〈카르멘〉의 배경이 되었던 옛 담배 공장 자리의 대학, 규모가 상당한 투우장 등 가이드북에 실린 곳들 가운데 마음이 끌리는 곳한두 군데를 찍어 돌아본다. 그러다 보면 어느새 점심 무렵. 슬슬

90도 각도로 정수리에 태양 빛이 꽂힐 시간이다. 그럼 근처 슈퍼에 들러 요거트 한두 개와 체리 혹은 청포도 한 봉지, 복숭아 몇개 따위를 사 들고 숙소로 돌아온다.

시원하게 샤워를 하고 땀에 젖은 반바지와 티셔츠는 말끔히 빨아넌 후 침대에 드러누워 소설책 몇 장을 넘기며 과일을 먹다 한숨 잔다. 그야말로 스페인식 시에스타 타임. 그렇게 달콤한 낮잠을 즐기다 일어나면, 어느새 빨아뒀던 옷가지들은 꾸덕꾸덕 말라가고 있고 지쳤던 몸도 한결 가벼워진다.

다시 꽃무늬 플레어 치마 따위를 곱게 차려입고는 길을 나선다. 해가 길어 아직 달이 뜨려면 멀었지만 조금은 서늘해진 바람 덕분에 기분이 좋아지면서, 차가운 맥주 혹은 와인에 과일을 넣은 달콤한 샹그리아 생각이 저절로 난다.

그중에서도 특히 나는 세비야의 밤을 사랑했는데, 호스텔에서 만난 몇몇의 친구와 함께 플라멩코를 보러 갔던 그 밤은 그야말로 절정의 시간이었다. 앞자리에서 보면 무용수들의 현란한 스텝 덕분에 온갖 먼지가 날려 마시던 술잔 속으로 다 들어간다며 애써 말리는 이들의 조언을 뒤로한 채, 무대 맨 앞에 앉아 고개를 쳐들어 가며 빠져들던 그 열정의 움직임을 잊을 수 없다.

이보다 더 슬플 수 없는 기타 선율에 맞춰 때로는 역동적인 몸짓으로 때로는 그저 눈빛 하나만으로 온갖 감정을 표현하는, 우리가 알고 있는 모든 종류의 슬픔과 환희의 감정이 녹아 있는 그들의 춤을 보면서, 마치 이별을 앞둔 연인들의 마지막 하룻밤과 같다는 생각이 들었다. 세상 모든 것이 아름답게 느껴지던 사랑의 추억과

세상 모든 것이 무너져 버린 이별의 아픔이 교차하
는 듯한 처절한 그 몸짓에 조금은 슬퍼지기도 했다.
하지만 공연이 끝난 후 나도 모르게 다운됐던 마음이
채도가 낮은 세비야의 아름다운 야경을 보며 다시금
슬슬 올라오는 것을 느끼면서, 언젠가부터 멈춰 있는
듯했던 감정의 그래프가 새롭게 움직이기 시작했다는
것만으로도 감사할 따름이었다.

세비야를 떠나던 날 오후, 마침 주말이라 그런지 시청사 근처에는 막 결혼식을 올린 커플과 하객들로 북적북적했다. 뜨겁게 사랑했던 이들이 한결 편안한 모습으로 함께 가정을 만들어갈 모습을 상상하다 보니, 그 위에 걸린 스페인 국기가 눈에 들어왔다. 정열의 붉은색과 편안함을 주는 노란색을 닮은, 조금은 다른 뜨거움이 넘치는 세비야에서의 밤과 낮이야말로 열정적이면서도 느긋한, 진정한 스페인의 감성을 느낄 수 있는 시간이 아니었을까.

적어도 세 번은 만나봐야

코르도바, 론다 (Cordoba, Ronda)

_BGM.3

바보 같다 생각했어 너를 한 번 봤을 땐……
착하다고 생각했어 너를 두 번 봤을 땐

– 자우림, 〈애인 발견〉

원래의 계획은 세비야에서 머물며 당일치기로 코르도바에 다녀오고, 론다에서 하루 머문 후 해안 지역으로 넘어가는 거였다. 하지만 단박에 맘에 들어버린 세비야에서 하루 이틀 지내다 보니 다른 도시에 다녀오고 싶은 마음이 그다지 들지 않았고, 결정적으로 너무 더워 게으름을 피우다 보니 어느새 세비야에서의 마지막 날이 오고야 말았다. 코르도바를 건너뛰고 론다로 바로 갈까 하는 생각이 들던 찰나, 마침 같은 호스텔에 묵었던 한 한국인 언니가 함께 코르도바에 가자 했고, 솜사탕보다 얇은 귀를 자랑하는 나는 그 길로 따라나섰다.

하지만 도착하자마자 꼬이기 시작하는 그곳. 일요일이라 모든 가게 문은 닫혀 있고, 인터넷으로 예약한 호스텔은 생각보다 작고 복잡한 데다 세이프로커까지 망가져 있으며, 심지어 함께한 언니가 시외버스 터미널에 가방 하나를 두고 왔다며 찾으러 가잔다. 올 때는 쉽게 찾았던 길이, 다시 되돌아가려니 왜 이리 어려운지.

일방통행 많은 길 사이에서 터미널 가는 버스 정류장을 찾아 헤매는데, 표정부터 불량해 보이는 웬 현지 아저씨 한 명이 자신이 아는 온갖 일본어와 중국어를 섞어가며("안녕하세요" 한마디만 했어도 이러진 않았다고!) 굳이 도와주겠다고 나선다. 애써 무시하며 겨우 버스에 올라탔는데 이 아저씨, 뒤따라 타는 거다.

결국 가방은 터미널에 없었고, 여기까지 온 김에 다음 도시로 향하는 버스나 기차 시간을 알아보려 이리저리 다니는 와중에도 약 5미터 반경을 사이에 둔 채 실실 이상한 웃음을 쪼개면서 뒤를 밟던 아저씨. 이에 급불안해진 우리는 경비 아끼기를 포기한 채 서둘러 택시를 타고 그를 따돌렸다.

이렇게 돌아다니느라 기대했던 메스키타는 가보지도 못했고, 우선은 그냥 숙소에 돌아왔다. 한숨 돌리면서 혼자 있던 나는 문득 방에 딸려 있던 테라스가 궁금해 잠깐 나가봤다. 그런데 이런……. 이 문이, 한번 닫으면 밖에선 절대 열리지 않는 나름 고성능 안전장치가 부착된 문이었던 것이다. 유리창이 부서져라 아무리 두드려봐도 방 안엔 아무도 없고 골목을 지나는 사람에게 목이 터져라 헬프 미를 외쳐봐도 '쟨 뭐야?' 하는 표정으로 어깨만 한번 들썩인 채 지나가는 거였다. 결국 옆방에 있던 조금은 민망한 차림의 이탈리안 커플이 나와보고는 자신의 방으로 넘어오라고 도와준 덕분에, 3층 높이의 테라스와 테라스 사이를 뛰어넘고 들어가 다시 방으로 돌아올 수 있었다.

왠지 일진이 좋지 않은 듯한 하루. 오늘은 얌전히 숙소에서 축구 결승전이나 봐야지, 다짐하는데 이런, TV가 고장이다. 결국 야경

가끔은 뒤돌아볼 것
앞만 보고 걸을 땐 찾지 못한 뭔가가
기다리고 있을지 모를 일이니

이나 즐겨볼까 하고 강가 주변을 찾아 나서는데 세상에, 이번엔 길모퉁이에 먹이를 찾아 어슬렁거리는 하이에나 같은 눈빛을 한 아까의 그 아저씨가 떡하니 서 있는 것이다. 겁에 질린 우리는 혹여 그의 눈에 띌까 두려워 낮은 포복으로 다시 숙소로 돌아올 수밖에 없었다.

처음부터 구미가 당기질 않더니, 코르도바……. 정말 가지가지 한다. '역시나 당일치기로 왔어야 했어. 귀는 얇아가지고. 내일 아침 메스키타만 보고 바로 뜰 거야. 절대 다른 사람 말 듣지 않을 거야. 꼭. 꼭. 꼭!' 이렇게 다짐을 하며 당장에 다음 숙소를 알아보았으나 모두 다 풀! 심지어 론다로 가는 버스는 없고 그나마 기차는 오전에 일찍 타야 해서 메스키타를 들렀다 가려면 하루 더 묵어야 하는 상황이다. 에잇!

이런저런 불만 속에 잠이 들고, 아침에 눈을 뜨자마자 메스키타로 향했다. 그런데 어라? 10시 전에 미사가 있어 누구에게나 개방되어 있다네? 한마디로 무료란 말씀. 조금은 좋아진 기분으로 들어간 그곳은 지금껏 봐왔던 성당과는 전혀 다른 모습이었다. 처음엔 모스크로 지어졌다가 지금은 성당으로 개조된 코르도바의 메스키타는 정방형의 구조에 적백 문양의 아치, 화려한 모자이크에서 이슬람의 분위기가 물씬 풍겼고, 그 안에서 은은하게 들려오는 성가와 사제복을 입은 신부님의 모습에서 조금은 이질적이지만 어느 순간 어울리는 묘한 매력을 느낄 수가 있었다.

다시 길을 나서 유대인 거리를 찾았다. 미로 같은 좁은 골목길을
따라 꽃들이 즐비하고 예쁜 소품들이 눈길을 끈다. 그렇게 걷다
보니 어느새 로마 시대의 기둥들이 나타나고, 또 걷다 보니 소박
하고도 기품 있는 비아나 궁전이 나타나고, 지칠만 하면 쉬어 가
기 좋은 광장이 기다리고……. 불만에 찼던 마음은 어느새 누그러
지기 시작했고, 근사한 야경의 칼라오라 탑 근처에 갔을 땐 그동
안 미워했던 코르도바에게 미안한 마음까지 생겼다.

그렇게 코르도바에서 이틀 밤을 보내고 론다로 향했다. 이미 다음
도시의 숙소를 예약한 터라 반나절 정도만 허락됐던 그곳의 누에

보 다리 위에 서 있다 보니, 이곳의 밤은 어떤 모습일지 사뭇 궁금해졌다. 그리고 아쉬웠다. 하루만 더 머무른다면 좀 더 새로운 이곳의 매력을 찾을 수 있을 텐데.

언젠가 소개팅을 다녀와서 실망하는 나를 붙잡고, 절친한 선배는 얘기했었다.
"야, 사람 한 번 만나서 아니? 적어도 세 번은 만나야지. 처음엔 별로여도 그 다음엔 좋을 수 있는 거고, 한두 번 좋다가도 세 번째에선 안 맞을 수 있는 거야."

첫날 실망했지만 다음 날 마음에 들어버린 코르도바 역시 하루 더 머물렀다면 또 다른 느낌을 받았을지 모를 일이고, 오늘 좋았던 론다의 다음 날에 또 다른 이상한 사람을 만나 고생을 했을지도 모른다.

순간 수많은 오해를 거쳐 진짜 내 사람이 된 이들과, 아쉬움을 남기며 나를 스쳐 지나간 사람들의 얼굴이 한꺼번에 떠오른다. 이들 가운데 인생의 끝자락에서까지 소중한 감정으로 남아 있을 사람이 누구일지 현재 이 시점에서는 알 수 없는 법. 그저 지금 내게 있어 코르도바는 지옥에서 건진 사랑스런 도시, 론다는 또 한 번 만나고픈 아쉬움 가득한 도시일 뿐이다.

S#4
지중해, 파도 넘나들기

코스타 델 솔 (Costa del sol) - 말라가, 마르베야, 네르하

_BGM.4

머린 바위가 된 듯 더 무거워지고 내려 누르는 세상의 짐 힘겨울 때
나는 떠나갈 거야 반바지를 입고 바람을 막아선 벽을 넘어 달려가

— 이적, 〈바다를 찾아서〉

나는 바다가 좋다. 사실 그 푸른 물결을 보고 좋지 않다 할 사람이
어디 있겠느냐마는, 그럼에도 불구하고 뻔한 얘기지만 다시 한다.
나는, 바다가, 참, 좋다. 부산에서 태어나 제주도에서 청소년기를
보낸 탓인지 왠지 바다를 보면 고향에 온 듯한 기분이 든다.
100m 달리기는 기본으로 20초를 넘기고, 철봉 매달리기 한번 했
다 하면 의자 빼자마자 떨어지는 체력장 5급의 나이지만, 수영만
큼은 어느 정도 자신이 있다.

이런 내게, '태양의 해변'이라 불리는 스페인의 남부 해안, 코스
타 델 솔을 향하는 길은 그야말로 설렘 그 자체였다. 끝이 없을 것
같은 평야를 지나 버스 차창으로 어느 순간 바다가 나타나기 시작
했을 때, 나도 모르게 탄성을 지를 뻔했다. 아, 지중해구나. 꿈에
도 그리던 지중해. 사실 태종대 앞바다나 협재 해수욕장 모래사장
과 다를 게 뭐 있냐고 묻는다면 할 말은 없지만, 저 물길을 남쪽으
로 건너면 바로 아프리카 대륙이 기다리고 있다는 사실이, 동쪽으

로 나가면 이탈리아 시칠리아 섬과 만날 수 있다는 사실이 날 흥분시켰다.

이베리아 반도 남쪽 해안을 따라 예쁜 비치로 유명한 크고 작은 도시들은 무척이나 많지만, 우선은 좀 더 많은 정보를 얻기에 유리하고 또 어딜 가든 교통편이 편하다는 말라가를 첫 번째 기점으로 삼았다. 작고 아기자기한 맛은 없지만, 나름대로 대도시답게 있을 건 다 있는 그곳 말라가의 호스텔에 하룻밤만 예약을 하고 짐을 풀었다. 그리고는 좁은 골목들을 걷다가, 성당에 들러 기도

도 하고, 해변까지 나가봤다. 여행 중 처음으로 발을 담가보는 바다. 좋다. 왠지 끌린다. 그 길로 호스텔로 돌아와 날짜를 연장하려하니, 이번엔 방이 없단다. 떠나라는 하늘의 계시일까? 하지만 굴하지 않는 의지의 홍양, 또 다른 호스텔을 찾아 나선 끝에 중심 광장에서도 가깝고 비치까지도 걸어갈 수 있는 거리의 더욱 좋은 숙소를 발견해 예약한다. 이곳을 기점으로 하루하루 나들이하듯 근처 도시들을 다니겠노라 다짐을 하고.

그로부터 게으른 여정이 시작됐다. 말라가엔 비치만 있는 건 아니었다. 피카소가 태어난 도시답게 그의 생가와 미술관이 잘 정리되어 있었고, 성당 주위의 좁은 골목길에선 매일 밤 거리의 악사들이 분위기 좋은 음악을 들려주고 있었으며, 지금도 유적 발굴 작업이 한창인 무어인의 요새 알카사바의 야경과 언덕 위 히브랄파로 성곽에서 바라보는 경관은 너무나도 아름다웠다. 그리고 널따란 쇼핑로까지. 결국 다른 도시를 찾는 일정은 뒤로한 채 오전－관광지 한 곳, 오후 － 해변 파라솔, 저녁 － 골목길 탐방의 일과표를 짰다. 게다가 스위스 아주머니 한 분, 핀란드 청년 히니, 영국 여학생 한 명, 그리고 나로 이뤄진 호스텔 룸메이트들과의 친목이 유난히도 돈독해 그들과의 수다 떨기 또한 이곳을 쉽게 떠나지 못하게 한 큰 이유가 되었다.

하지만 사람 마음이 왜 이리도 변덕스러운지, 한 사나흘 지내다 보니 슬슬 지겨워지기 시작했다. 또 다른 어딘가가 궁금해졌다. 하여 다음 날은 마르베야라는 도시로 향하기로 한다. '아름다운

눈을 감고, 귀를 막고, 그대로 풍덩
어느새 푸른 소리만이 가득

바다'라는 의미를 지닌 마르베야는 이름만큼 아름다운 해변에 고급 요트들이 줄지어 정박해 있는 스페인 최고의 고급 휴향지. 작은 가방에 수영복 하나, 타월 하나만을 쑤셔 넣고 찾아간 그곳에서 아무래도 혼자인 데다 시간에 맞춰 돌아가야 한다는 강박감에 마음처럼 즐기긴 못했지만, 완행버스를 타고 그곳까지 가고 오는 길에 보고 들었던 끝없는 지중해의 향연은 충분히 마음을 들뜨게 했다. 그러면서 생각했다. 게으름 피우느라 이렇게 놓치고 만 곳들이 얼마나 많을까.

결국 다음 날, 짐을 꾸려 이베리아 반도 동쪽 끝에 위치한 네르하로 향했다. 별다른 계획도 정보도 없이 무작정 오느라 조금은 지친 탓에, 처음으로 호스텔이 아닌 호텔(그래봤자 욕조도 없는 별 두 개짜리지만) 싱글 룸을 잡고 우선 휴식을 취했다.

얼마 만의 독립 공간인지. 남 눈치 볼 필요도 없이 짐도 있는 대로 늘어놓고, 옷도 훌렁훌렁 벗어 던진 채 침대에 벌렁 드러누웠다. 한숨 자자. 삐걱삐걱 침대 소리 신경 쓸 필요 없이 몸부림도 마음껏 치며 푸욱, 그렇게. 하지만…… 그게 안 된다. 이상하다. 천하의 게으름쟁이인 나도 결정적인 순간엔 이상하게 부지런을 떨게 되는 것이다. 간만에 단독으로 쓰게 된 화장실을 보며 왠지 빨래가 하고 싶어진다. 결국 트렁크를 열고 온갖 옷을 꺼내 죄다 빨아 넌다. 자, 이제 진짜 좀 쉬어야지 하는데 이번엔 돈 생각이 난다. 남들 안 볼 때 이런 일도 다 해치워야 하는데. 결국 꽁꽁 숨겨둔 비자금과 영수증첩을 꺼내 쫙 정리를 한다. 그러다 보니 생각난다. 내가 여길 어떻게 왔는데. 시간이 돈이야! 이럴 시간에 하나라도 더 봐야지! 결국 천근만근 같은 몸을 이끌고 유럽의 발코니라 불리는 해변을 찾는다. 북적북적한 사람들 틈에 끼어 사진도 찍고, 커피도 마시고. 그러면서도 뭔가 불안한 마음. '맞다, 가방 다 열어젖히고 나왔지. 돈은 잘 숨겨놨던가? 아무도 없는데, 괜찮을까?' 결국 채 식지 않은 에스프레소를 원샷하고는 허겁지겁 돌아왔다. 하지만 아무 일도 일어나진 않았다. 이럴 줄 알았으면 좀 더 느긋하게 있다 올 것을.

그리고 이튿날 아침, 해변에서 놀다 곧바로 다음 도시로 향할 예정이라 미리 짐을 싸기 시작했다. 밤새 널어둬 뽀송뽀송해진 옷가지를 가방에 가득 담았지만, 아직 많이 여유롭다. 실은 서울에서 가져온 트렁크 손잡이가 고장이 나, 그 사이 좀 더 큰 것으로 새로 바꾼 상황. 어제 비치 근처 가게에서 살까 말까 고민했던 비치타월과 옷가지가 생각난다. 짐이 커질까 봐 망설였는데, 살걸 그랬나? 하는 찰나, 내가 조금은 우스워 보였다. 작은 가방을 들고 다닐 땐 어떻게든 버릴 생각만 했었는데, 가방이 가벼워지니 또 채우고만 싶어 지는구나.

이 모든 게 내가 갖지 못한 것에 대한 욕심이고 조급증이다. 한곳에 머무르다 보면 가지 못한 곳에 대한 욕심이 자라나고, 그렇게 길을 나서면 또 두고 온 것에 대한 걱정과 아쉬움이 자라난다. 고인 물이 빠져나가야 새로운 물이 들어오듯 하나를 얻으면 다른 하나는 자연스레 흘려보내야 하는데 자꾸만 모든 걸 껴안고 가려는 욕망이 나도 모르게 생기는 것이다.

그렇게 코스타 델 솔에서의 일주일을 마치고 다시 내륙 지역으로 향하는 길. 그렇지만 예전처럼 마냥 아쉽지만은 않다. 아직 나의 트렁크는 반이나 남아 있다는 사실을 알았기에. 그것은 그만큼 앞으로 더 채울 것이 많이 남아 있다는 뜻이기에.

하나만 **건지면 돼**

그라나다 (Granada)

_BGM.5

하루하루 조금씩 나아질 거야 그대가 지켜보니
힘을 내야지 행복해져야지 뒤뜰에 핀 꽃들처럼

— 이상은, 〈비밀의 화원〉

이건 일종의 직업병이다. 하루에 하나씩 생방송(뭐, 가끔은 녹음이
기도 하지만)을 해나가면서 매일 밤 자기 전에 나름대로의 점수를
매기곤 한다. 이건 잘했다, 이건 못했다……. 그러다 보면 어느
순간 잘한 일보단 못한 일에 집착하게 되고, 그러면 그날은 그야
말로 형편없는 하루가 되고 만다. 결국 짜증은 늘고, 자기 비하는
심해지며, 아침에 일어나면 미간에 굵은 주름이 잡혀 있기 십상이
다. 이런 버릇은 여행 중에도 어김없이 이어져 뭔가 미진한 듯한
느낌이 드는 날이면 마치 방송을 망친 거냥처럼 속이 상하고 우울
해지곤 했다.

하지만 어떻게 매일매일이 스페셜할 수 있으며, 순간순간이 좋기
만 할 수 있을까. 삼시 세끼를 스테이크에 와인으로 한다면 결국
그 메뉴는 평범한 것이 되어버리는 것처럼, 가끔은 밥도 먹고 라
면도 먹고 죽도 먹어야 하는 것이다. 그러면서 흰밥에 된장찌개의
깊은 맛에, 라면에 돌돌 감은 파김치의 알싸함에, 죽 한 수저에 올

천 개의 기계가
하나의 꽃을 만들지 못한다

린 오징어젓의 감칠맛에 감사하고 감동하면 되는 것이다. 23시간 57분 힘든 하루였지만 단 3분 행복했다면, 그걸로 만족해야 하는 것이다.

그라나다는, 이러한 마음으로 찾은 곳이다. 다른 모든 욕심은 버리고 단 하나, 알람브라 궁전만 마음에 담기로 했다. 한창 감수성이 예민하던 시절 라디오에서 처음 들었던 〈알람브라의 추억〉이란 기타 연주에 마음을 빼앗기고, 스무 살이 넘어 이런저런 세계문화 관련 책을 접하다 알게 된 알람브라 궁전이 바로 그 알람브라라는 것을 알아차렸을 때, 그리고 그곳이 막연하게 생각했던 모래바람이 불어오는 남쪽 어느 대륙이 아닌 스페인에 위치해 있다는 것을 알게 된 그때부터 무의식적으로 이곳을 동경해왔던 것 같다. "그라나다라는 에메랄드에 알람브라라는 빛나는 오리엔트산 진주가 박혀 있는 인류 최고의 보석"이라는 칭송을 듣는 그곳, 그

라나다의 알람브라 궁전. 보전을 위해 정해진 시간에 정해진 인원만 들여보내기에 미리 예약을 해야만 원하는 시간에 관람할 수 있다는 그곳을 무대뽀 정신으로 예약도 없이 새벽부터 줄을 서 기다려서는 들어갔다.

웅장한 규모에 완벽하게 정돈된 정원을 보자마자 숨이 턱 막혔다. 모자이크 하나하나, 연못에 비치는 건물의 각도 하나하나까지 감동이 아닌 것이 없었다. 게다가 궁전 건너편으로 보이는 알바이신 언덕의 풍경은 걸음을 걸을수록 그 빛을 달리해가며 어찌나 아름답게 느껴지던지……. 지난밤 알바이신 언덕에서 바라보았던 알람브라의 야경 못지않게 이곳에서 보는 그곳의 전경 역시 말로 표현하기 힘들 정도로 평온하고 눈부셨다. 이런 충만한 감성을 안고 가장 마지막으로 들렀던, 제일 위쪽에 위치한 여름 별장 헤네랄리페의 정원에서 떨어지는 분수의 물소리를 배경음악 삼아 땀을 식

히며 앉아 있으려니, 순간 '정말 내가 이곳에 와 있구나' 하는 실
감이 나면서 충분히 행복해졌다.

하지만 그라나다는 알람브라의 행복만을 준비한 건 아니었다. 너
무도 과한 감동에 진이 쭉 빠져서는 숙소로 돌아와 쉬고 있는데,
오랜만에 한국어가 들리기 시작한 것. 한동안 우리나라 사람들을
만나지 못한 상태라 반가운 마음에 소리의 진원지를 찾아 식당 쪽
으로 가보니, 이천 출신의 청년 대학생 세 명이 라면을 끓여 먹고
있었다.

여행 중에 대학생들을 만나면 괜히 반갑다. 그러면서 안쓰러운 생
각도 든다. 그 시절 내가 떠올라 그런 건지도 모르겠다. 특히 자기
손으로 여행 경비를 마련해 와서는 최대한 아껴가며, 그러면서도
좀 더 무언가 느끼고 얻어보려 노력하는 모습을 보면 대견하기도
하고, 부럽기도 하고……. 암튼 이런저런 복잡 미묘한 감정에 휩
싸인다. 그리고 좀 더 깊은 대화를 나누다 보면 금세 알아차리게
된다. 20대 중반이나 30대 중반이나 고민하는 건 매한가지구나.

그렇게 반가운 마음으로 서로 통성명을 하고, 나의 빵과 그들의
라면을 나눠 먹고는 근사한 의자가 있는 호스텔 옥상에 올라 맥주
를 한잔씩 했다. 그렇게 조금은 겉도는 얘길 나누다 보니 어느새
해는 뉘엿뉘엿 넘어가고, 그 순간 태어나서 본 중 최고로 멋진 노
을이 눈앞에 펼쳐졌다. 우리는 잠시 말을 잊은 채 감상에 빠져들
기 시작했고, 술이 아닌 노을에 취해 나이와 환경을 넘어 공감할
수 있는 가슴속에 담아둔 고민과 생각을 같이 털어놓을 수 있었

다. 그리고 알게 된 또 하나의 반가운 소식! 내일 같은 비행기를 타고 바르셀로나로 향한다는 것. 가뜩이나 소매치기가 많다는 소문 때문에 조금은 두려웠던 바르셀로나였는데 이렇게 든든한 장정 셋과 함께한다면 무서울 게 하나 없을 듯했다.

이후 그라나다를 떠나 바르셀로나에서까지 우리는 한팀이 되어 다녔다. 때로는 보디가드가 되어주고, 심심하지 않게 말동무도 되어주고, 서로가 서로에게 카운슬러가 되어주고, 가끔은 내게 어른 행세도 할 수 있게끔 만들어준 아이들. 지나고 보니, 노을이 지던 옥상에서의 그 대화의 시간은 알람브라에서 느꼈던 감동보다 더욱 오래오래 기억에 남는다. 아마도 아무런 기대 없이 만났기 때문이리라. 쓸데없는 집착을 버리고 그저 물 흐르듯 시간에 몸을 맡긴 채 지내다 보면 이런 행복이 서비스처럼 따라온다는 사실을 새삼 깨닫는 순간이었다. 어쩌면 이들은 스페인에서 건진 최고의 수확일지도 모른다. 단, 자꾸 나한테 이모라고 부르던 것만 빼고 말이다.

S#**6**

머물고 **싶은순간**

바르셀로나(Barcelona)

_BGM.6

수줍은 듯 바라보는 눈길 포근하게 스며드는 미소
사랑에 찬 내 가슴에 그대를 안고서 영원히 머물렀으면

－ 11월, 〈머물고 싶은 순간〉

사람들은 묻는다. "어디가 제일 좋았어요?" 순간 나는 주저하고
만다. 모두 다 좋았는데 어쩌지? 하지만 질문이 구체적이라면 좀
더 수월해진다. 가령 "어느 바닷가가 제일 분위기 잡기 좋았나
요?"라든가 "어느 도시의 음식이 제일 맘에 들었나요?" 혹은
"어느 동네 밤거리가 물이 제일 좋았나요?" 하는.

그중에서 가장 좋아하는 질문－대부분 이렇게 물어보진 않고, 내
가 먼저 얘기하지만－은 "제일 살고 싶었던 도시는 어디였나
요?"다. 그리고 나는 자신 있게 말할 수 있다. 바르셀로나라고. 왜
냐고 물으면 이렇게 대답한다. "거긴 모든 게 다 있거든. 가슴이
뻥 뚫리는 바다도 있고, 화려한 쇼윈도의 대로변에서부터 시간이
느껴지는 좁다란 골목까지 맘에 쏙 드는 거리들이 있고, 근사한
건물과 멋진 뷰포인트들도 있고. 그리고? 좋은 사람들이 있지."
이런 이유들 덕분에 그곳에서 오랜 기간 머물며 살았던 사람들에
비하면 턱없이 모자라지만 내 전체 여행 기간의 1/10을 차지하는

열흘 동안 이곳에 머물렀고, 하루도 지루하지 않았으며, 하루도 새롭지 않은 날이 없었다.

자, 그럼 지극히 주관적이며 빙산의 일각에 불과할, 내가 느낀 바르셀로나의 매력들을 한번 만나볼까?

Chapter 1. 해변 Beach

 다른 바닷가에서와는 달리 바르셀로나의 해변에선 수영복 한 번 입지 않았다. 분위기 있는 사진 한 장 남기려고 노력하지도 않았다. 이곳의 바다는 철저히 배경 그 자체였다. 14번 버스 종점에서 내려 찾아간 그곳의 바다를 배경으로 누군가와 이야기를 나누고, 술잔을 부딪치며, 밥을 먹고 차를 마셨다. 마치 고등학교 시절 제주 시내 탑동 바닷가 콘크리트 바닥에 둘러앉아 파도가 오든 말든 "아이 엠 그라운드 자기소개 하기~"로 시작하는 게임을 하듯이, 바르셀로나의 바다는 사람과 사람을 만나게 해주는 역할만을 충분히 수행할 따름이었다. 그러다 어떤 날은 혼자 모래사장에 앉아 어제의 우리처럼 웃고 떠드는 다른 이들을 바라보며 사람들을 추억했다. '그라나다에서부터 같이 온 삼인조 이천청년회 소속 아이들은 이탈리아에 잘 도착했을까?', '민박집 혜지네 무리는 오늘 가우디 보러 간다고 했는데', '숙소에 있던 일본인 처자는 몬주익 언덕 잘 찾아갔나?' 이런 생각을 하고 있으면 혼자라는 생각이 그다지 들지 않았다.

밥값과 술값을 한꺼번에 아껴보겠다고 두당 몇 유로씩 걷어 빵과 콜라, 각얼음, 그리고 한국보다 현저히 싸게 파는 잭다니엘 한 병

을 사 들고 가서 잭콕을 제조해 모래사장에 파묻고는 얼음이 녹아 드는지도 모르는 채 서로의 이야기를 들어주던 시간, 간만에 분위기 잡아보겠다며 바다가 보이는 근사한 레스토랑에서 파에야에 와인 한잔씩 하던 시간, 굴러다니던 공 하나를 주워서는 무릎까지 바지를 걷어 올리곤 한국식 살인 피구를 하며 주위 이목을 끌던 시간까지……. 그다지 깨끗하지도, 한적하지도 않은 바르셀로나의 해변이었지만 나에게 있어서만큼은 설레는 만남의 광장이었고, 신나는 놀이터였으며, 수많은 고해성사의 장소이자 추억의 집결지였다.

Chapter 2. 거리 Street

낯선 거리를 만나는 일은 마치 새로운 사람을 만나는 것과 같다. 때로는 무심코, 때로는 지도를 들춰봐 가며 계획성 있게, 때로는 누군가의 소개를 통해 처음으로 맞닥뜨리는 순간, 그 첫인상이란 매우 여러 가지 각도에서 재고 파악하게 된다. 어떤 길은 너무나 크고 넓고 화려해서 기가 죽고, 또 어떤 길은 셔터가 내려진 음침한 가게들과 진동하는 오물 냄새로 절로 인상이 찌푸려지고, 또 어떤 길은 이런 길이 지도에 있었나 싶을 정도로 안 그래도 낯선 도

시에서 더 큰 낯섦을 안겨주기도 한다. 이렇게 아주 짧은 시간에 만들어진 첫인상은 다음 날, 또 그 다음 날의 내 동선을 만드는 데 있어 꽤 요긴하게 작용한다. 하지만 사람과 사람 사이가 그렇듯 내 맘에 드는 길만 골라 다니고 싶어도 어느 순간, 아주 별별 우연과 이유에 의해 그렇게 싫었던 거리를 다시금 지나치게 된다. 그런데 참 신기하게도 그날은 그리도 별로였던 그 길이 다음 날은 너무나도 맘에 들어버리는 것이다. 마치 신입생 오리엔테이션 때 체인 감긴 장지갑을 뒷주머니에 꽂아둔 채 뻑뻑 88을 피워대 '쟤는 좀 멀리해야겠다' 다짐하게 한 여자아이가 졸업할 때 보면 유일하게 남은 과 친구가 되듯이.

여기서 어느 길이 좋고, 어느 길은 별로라는 말을 하기엔 무리가 있다. 좋은 사람, 나쁜 사람이 따로 없듯이 각자의 취향이란 모두 다르기에. 그리고 변하기에. 람블라스, 그라시아, 보케리아, 본수세스, 엘리사벳, 마요르카, 발렌시아, 베르디, 카탈루냐, 디아고날. 그리고 이름이 기억나지 않는 골목, 골목들. 바르셀로나의 모든 길을 걷기엔 열흘이란 시간은 너무나 짧았지만, 어차피 사는 동안 세상의 모든 사람을 만나볼 수 없듯이 이 정도의 길들을 가슴에 담아두는 것에 만족할 수밖에 없

다. 아마 오래 시간이 흐른 뒤엔 이중에 몇몇의 길만이 기억에 남겠지. 그리고 지금은 생각나지 않는 길들이 무심코 떠오르겠지. 이제는 잊힌 사람들과 문득 궁금해지는 그때 그 사람들처럼.

Chapter 3. 풍경 View

성지순례를 하는 이들의 진지함 못지않게 경건한 마음으로 지도가 마르고 닳도록, 심지어 어느 순간부터는 그마저도 들지 않은 채로 사람과 사람 사이를 비집고 거리를 돌아다니면서 밥집 순례, 찻집 순례를 한 게 바르셀로나에서의 대부분의 추억이지만, 가끔

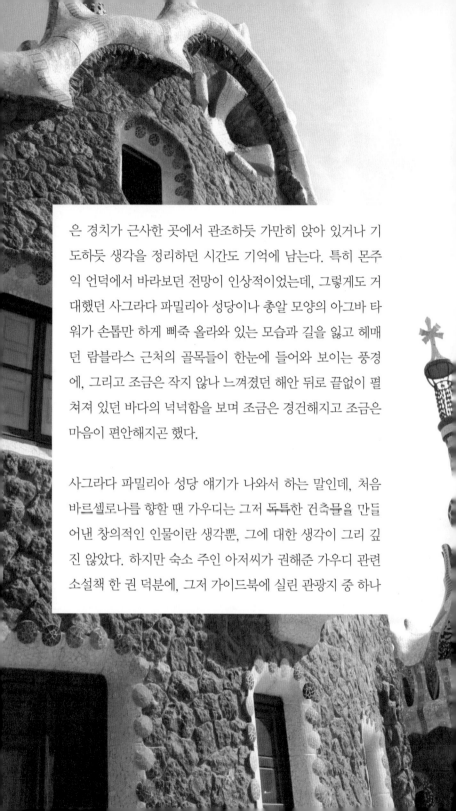

은 경치가 근사한 곳에서 관조하듯 가만히 앉아 있거나 기도하듯 생각을 정리하던 시간도 기억에 남는다. 특히 몬주익 언덕에서 바라보던 전망이 인상적이었는데, 그렇게도 거대했던 사그라다 파밀리아 성당이나 총알 모양의 아그바 타워가 손톱만 하게 삐죽 올라와 있는 모습과 길을 잃고 헤매던 람블라스 근처의 골목들이 한눈에 들어와 보이는 풍경에, 그리고 조금은 작지 않나 느껴졌던 해안 뒤로 끝없이 펼쳐져 있던 바다의 넉넉함을 보며 조금은 경건해지고 조금은 마음이 편안해지곤 했다.

사그라다 파밀리아 성당 얘기가 나와서 하는 말인데, 처음 바르셀로나를 향할 땐 가우디는 그저 독특한 건축물을 만들어낸 창의적인 인물이란 생각뿐, 그에 대한 생각이 그리 깊진 않았다. 하지만 숙소 주인 아저씨가 권해준 가우디 관련 소설책 한 권 덕분에, 그저 가이드북에 실린 관광지 중 하나

라 여겼던 그의 작품에 대한 좁은 편견이 여지없이 사라지고 말았
다. 픽션인지 아닌지는 확실치 않지만, 바르셀로나 내에 있는 가
우디의 작품들을 한 선으로 이으면 북두칠성의 모습을 하고 있다
는 내용을 읽고 실제로 지도에 대고 그려보니 그럴듯한 모양이 만
들어졌다. 그리고 가우디가 죽는 그날까지 매일 저녁 "그란비아
를 따라 내려가다가 테투안 광장 근처의 바일렌에서 방향을 바꿔
우르키나오나 광장을 지나고 폰타넬라를 거쳐 아르크스가, 노바
광장, 비스베가, 상트세베르를 지나 마침내 상트펠립네리에 도착
해서는 교회 문이 닫힐 때까지 그 안에 머무르다 다시 길을 되돌
아 우르키나오나 광장 가판대에서 석간신문 〈라 베우데 카탈루냐〉
한 부를 사서 작업실로 돌아갔다"는 부분을 읽고는 다음 날 그 동
선을 따라 나도 한번 걸어가 봤다. 또한 사그라다 파밀리아 성당
기둥 아래를 받치고 있는 거북이 조각과 구엘 공원의 뱀 형상에
그렇게도 심오한 의미가 담겨 있다는 것을 알게 되면서 두세 번씩
새삼스레 그곳을 다시 찾기도 했다.
　새로운 사람을 만날 땐 프로필 없이 선입견은 버려야 하는 게 중

요하듯, 눈앞에 펼쳐진 풍경을 있는 그대로 100% 순간의 감성에 의지해 느끼는 것도 물론 의미가 있다. 하지만 가끔은 이렇게 아는 만큼 보이는 경우도 종종 있다. 뭐가 맞고 틀린지 지금은 판단이 잘 서지 않지만, 어쨌든 가우디의 소설책 하나 덕분에 바르셀로나에서의 시간이 더욱 충만해진 것만은 사실이다.

이 모든 바르셀로나의 시간 속엔 사람들이 있었다. 최대 인원이 일곱 명에 불과한, 한국인 남편과 일본인 아내가 운영하는 작은 민박집에 머물면서 꽤 여럿의 사람들을 만나고, 떠나보냈으며, 또 떠나왔다. 그동안의 여행길에서 접한 서로의 정보와 생각, 고민과 감정을 나누면서 헤어지는 순간엔 어김없이 연락처를 건네며 내일을 기약하기도 했다. 글쎄, 언제까지 이 미약한 연결선이 이어질지는 장담하기 어렵다. 다음 여행길에서 더욱 마음이 맞는 누군가를 만나게 될지도 모를 일이다. 하지만 10년이 지나 찾아가도 여전히 공사 중일 것 같은 사그라다 파밀리아처럼, 바르셀로나에서 만난 그들과의 추억만은 조금씩 진화하며 그곳에 남아 있을 것이다.

CM 1: 여행 중 입고, 먹고, 자기

1. 의衣

여행이 3박 4일 내지는 최하 1주일 정도만 돼도 짜야 할 스케줄은 넘쳐나기 십상이다. 그중에 옷 스케줄 짜기는 특히나 골치 아프다. 물론 어떤 옷을 걸쳐도 태가 나는 타고난 몸매의 소유자라면 얘기가 달라지겠지만, 움직이기 편하고 더위에 강하며 그럼에도 불구하고 튼실한 팔뚝과 흘러내리는 아랫배를 감춰줘야 한다는 특별한 사명까지 띤 몇 안 되는 아이템 가운데 때와 장소에 맞춰 중복되지 않으면서도 최대한 짐이 되지 않도록 적절하게 코디해서 맞춰 짜기란, 묵은 김치와 스팸 하나만으로 석 달 식단을 매일매일 새롭게 짜는 것만큼이나 어려운 일이다. 나 역시 긴 여행을 시작하면서 나름대로 여행에 걸맞으면서도 근사한 옷으로 꽤 많이 챙겨 갔었다. 하지만 하루 이틀 여정이 길어갈수록 결국 버리거나 다른 사람에게 줘버리는 옷들이 늘어만 갔는데 그 리스트를 꼽아보면 다음과 같다.

터질 듯한 스키니진 바지
상상한 힙 디리에 그 이띤 스키니글 입어노 멀서운 하체늘 시니지 않았다면 포기하는 게 좋다. 35도는 기본으로 넘나드는 유럽의 여름에 이런 바지를 입고 다니다 보면, 마치 랩으로 둘둘 말린 와인 삼겹살이 된 듯한 기분이 든다. 꼭 이런 차림을 원한다면 통풍이 잘되는 면 소재의 7부 타이츠를 추천한다.

반나절만 입어도 회색빛이 감도는 화이트 후드 면 점퍼
비가 올 때나 에어컨이 강한 이동 수단 안에서 입기 위해 가져갔던

점퍼. 하지만 이게 자주 입는 옷도 아니고 어쩌다 한 번씩 꺼내 입어야 하는데 그때마다 소매 단의 거무죽죽한 얼룩들을 확인하는 게 영 고역이었다. 그렇다고 추울 때만 입어 땀도 안 찼는데 늘 빨아댈 수도 없는 일이고. 결국은 서울로 먼저 돌아가는 누군가의 편에 보내버리고는 8유로짜리 짙은 네이비 컬러로 새로 사 입었다. 돌아오는 날까지 한 번도 빨지 않았지만, 향수 몇 번만 뿌리면 감쪽같았다.

물만 젖으면 천근만근 되는 두꺼운 소재의 롱 티셔츠

허벅지까지 내려오는 롱 티셔츠의 유행은 우리 같은 하체 비만자들에겐 매우 반가운 소식이지만, 웬만해선 손빨래로 버텨야 하는 여행객에게는 그리 유용하지 않은 존재다. 처음 여행 갈 때 들고 갔던 롱 티셔츠는 도합 넉 장. 하지만 그중에서 조금은 얇은 재질의 한 벌을 제외하고는 모두 누굴 주거나 과감히 버렸다.(심지어 내가 참으로 아꼈던, 뒤트임이 이중 구조로 되어 있는 독특한 디자인의 화이트 티셔츠는 빨래를 하다 너무 무거워 확 짜증이 복받친 나머지 흥건히 비눗물을 머금은 상태로 쓰레기통에 던져버렸다.) 그리고 그 빈자리는 가방 공간도 덜 차지하고 빨아도 가벼운 기본 티셔츠나 구김이 조금 생겨도 툭툭 털면 입을 만한 얇은 셔츠류가 차지하게 되었다.

빨았다 하면 세면기까지 물을 들이는 몹쓸 염색의 옷가지

여행 중에 만났던 누군가는 벼룩시장에서 산 1유로짜리 검은 머플러를 다른 옷들과 함께 코인 세탁기에 넣고 돌렸더니 모든 흰색 옷과 속옷, 양말들이 보라색으로 변했다며 보랏빛 가득한 트렁크를 자랑스럽게 보여주기도 했었다. 나 역시 갖고 있던 하늘색 스커트에서 자

꾸만 물이 빠져 다른 옷들과 한꺼번에 빨기가 여간 조심스럽지 않았
는데, 결국 어느 날인가 귀찮아서는 민박집 아주머니께 선물로 드리
고 돌아서 버렸다. 흰옷은 더욱 희게, 색깔 옷은 선명하게! 빨래의 기
본을 지키려거든 컬러와 프린트에 신경 쓰시길.

이쯤에서 고백하건대, 여행을 하면서 발견한 나의 숨어 있던 습성 중
하나는 바로 빨래에 대한 집착이다. 집에서는 양말 한 짝 빨아 신지
않은 나였지만 떠나보니 어차피 대신 해줄 사람도 없고, 그렇다고 하
루 밀리면 그게 또 양이 많아져 일이 커지는 건 기본에다 오랫동안
빨랫감을 가방 안에 넣고 다니면 퀴퀴한 냄새가 배어 찜찜해지는 게
싫기도 했다. 그렇게 터득한 빨래에 대한 노하우를 함께 소개한다.

세제는 필름 통에 보관해서 간편하게

이건 떠나기 전 종종 들어가 보던 여행 관련 사이트에서 얻은 정보인
데, 두세 번 쓸 양의 세제를 여러 개의 필름 통에 나눠 담고 가져가서
써보니 너무도 편리했다. 엄마의 조언을 덧붙여 기본 가루비누와 산
소계 표백제(한마디로 옥시크린 같은)를 7 : 3 비율로 섞어 담아 가는
센스! 하지만 이런 세제는 한꺼번에 빨래를 할 때 쓰기 용이하고, 평
소 가벼운 속옷과 양말 정도는 샤워할 때 머리 감다가 샴푸 묻혀서
같이 빨아버리는 것이 훨씬 편하다.(그렇다고 머리와 같이 빨라는 얘기
는 아니다.)

큰 빨래는 비닐봉지에 넣어 밟아주세요

며칠 밀린 세탁물이나 커다란 비치타월 같은 건 좁은
세면대에서 빨기 쉽지 않다. 이럴 땐 샤워할 때 넉
넉한 비닐봉지를 준비해 그 안에 빨랫감을 담고
물을 채운 후 세제를 풀어놓고 그냥 방치해둔 채
먼저 씻는다. 샤워를 마치고 다시 비닐봉투를 끌
어다 사정없이 밟아주시면 빨래 끝! 단, 헹굼과 짜기
를 반복한 후 도로 땀이 날 수도 있으니 끝까지 탈의한 상태에서 마
무리한 후 시원한 물 한 바가지 끼얹는 것을 잊지 않도록 한다.

한 숙소에 오래 머무를 경우엔 모았다 한꺼번에 세탁기로 해결

대부분의 호스텔이나 민박에는 코인 세탁기 혹은 유료 세탁 서비스
를 준비하고 있으니, 5일 이상 같은 숙소에 머무는 경우에는 약간의
요금을 지불하고서라도 웬만하면 세탁기로 한꺼번에 돌리는 게 좋
다. 손빨래라는 게 말처럼 쉽지만은 않기에 대충 물만 적시고 거품
맛만 보인 후 설렁설렁 헹구게 되는 경우가 많은데(사실 여행 중 빨래
의 기본은 비눗기를 살짝 남겨두는 것이다. 물론 옷감에 손상은 오겠지만, 장
기간 끌고 다니는 트렁크 혹은 배낭을 열었을 때 향긋한 비누 냄새가 풍겨 나
오게 하기에 이보다 더 좋은 방법은 없다) 가끔은 드럼 방식의 강력한 세
탁력을 보여주고, 2층 침대 구석 모서리가 아닌 정식 빨랫줄에서 직
접 햇볕 받아가며 뽀송뽀송하게 말려줘야 입을 맛도 나기 때문이다.
빨랫감이 많이 모이지 않았거나 요금이 부담될 땐 룸메이트와 반씩
나눠 한 통에 돌리는 것도 방법.

2. 식食

사실 나로 말하자면 주로 없어서 먹지 못하고, 혐오 음식 외에는 가리는 게 없으며, 먹는 데 투자를 아끼지 않는 사람이라 여행 중 먹을 것 때문에 고생을 할 거라곤 생각하지 않았다. 그리고 실제로도 대부분 그랬다. 하지만 물속에서 온종일 놀다 나왔을 때나 부슬부슬 비가 오는 날이면 라면 생각이 간절했고, 타는 듯한 더위 속에선 매콤한 비빔냉면 한 젓가락이 그리웠으며, 느끼한 레스토랑의 음식 앞에선 열무김치 국물 한 사발만 들이켰으면 소원이 없겠다 싶기도 했다. 그러나 미리 챙겨 간 한국 음식이라곤 고추장 튜브 몇 개와 라면 수프가 전부. 이런 열악한 환경 속에서 우리의 맛을 찾아 연구하는 나를 비롯한 다른 여행객들의 특별 한국식 메뉴들을 공유해본다.

말라가의 백반
하루 종일 바다에서 지내다 보면 어느새 허기는 두 배로 지고, 스리슬쩍 한기가 돌기도 한다. 그럴 때 생각나는 건 얼큰한 국물과 흰 쌀밥. 결국 말라가의 호스텔에서 여행 최초로 밥을 지어 먹었다. 어딜 가든 쌀은 팔기 마련이고, 닥치면 밥은 다 하게 된다. 그렇게 밥을 한 솥 짓고, 부피 줄이겠다며 면은 빼고 라면 수프만 챙겨 온 실수를 탓하며 뜨거운 물을 끓여 머그잔에 따른 후 수프 가루를 넣고 휘휘 젓는다. 이때 씹는 맛을 원하면 버섯 건더기가 들어간 신라면 수프가 제격이고, 조금은 덜 맵게 먹고 싶다면 안성탕면 혹은 너구리 순한 맛 정도가 적당하다. 그러고는 계란프라이와 햄을 구워 밥 위에 올려놓고 하트 모양으로 고추장을 짜 넣은 다음 사정없이 비벼 먹었다. 머그잔에 담긴 뜨끈한 수프 국물과 함께. 이후 다른 나라의 해변에서

82

만난 외국인 친구들에게 이 머그잔표 수프를 한 잔씩 대접(?)할 때마다 꽤 좋은 반응을 얻으며 즐겨 마셨던 기억이 있다.

그라나다의 쫄면

사실 라면 수프만 챙겨 간 이유 중에 하나는, 어차피 면은 스파게티든 중국 국수든 어디서나 쉽게 구할 수 있을 거란 자신감에 있었는데, 막상 수프만 푼 국물에 다른 면을 넣어 끓여보니 우리가 즐겨 먹던 그 기름기 둥둥 떠 있는 라면 맛이 나지 않았다. 하지만 그라나다 호스텔에서 만난 한국 청년들의 기발한 메뉴를 보면서 아, 바로 저건데! 하며 무릎을 치게 되었으니, 그들의 준비물은 마트에서 파는 커다란 튜브의 비빔면용 고추장. 보통의 고추장이 아닌, 딱 비빔면 안에 들어가 있는 양념장 맛의 고추장을 그렇게 따로 팔고 있었던 것이다. 이것만 있으면 현지에서 스파게티 면과 오이 정도만 사서 삶고 헹구고 채 썰어 간단히 쫄면 맛을 만들어낼 수 있었다. 어찌나 다들 이렇게 똑똑한지, 원.

산토리니의 오이김치

여행 막바지에 머물렀던 그리스의 산토리니에서는 우연히 한국에서 온 여스님 두 분을 만나 함께했다. 그분들은 이미 1년간의 아시아 지역 여행 끝에 마지막으로 그리스에 들른 거였는데, 아무래도 채식만으로 식사를 해결해야 했기에 스스로 해 먹는 노하우가 유난히도 발달해 계셨다.

이란에서 사 온 커피포트로 밥을 짓고, 고기 대신 버섯으로 영양소를 보충하며, 고추장을 넣은 퓨전 스파게티도 만들어주셨던 분들. 그중 최고는 바로 즉석에서 담가 먹었던 오이김치였다. 아주 간단하다. 우선 깨끗한 비닐봉지에 오이를 다듬어 썰어놓고, 터키에서 공수한 고춧가루를 듬뿍 넣은 다음(아마 유럽의 다른 지역에서도 중국 슈퍼 같은 곳엘 가면 고춧가루를 쉽게 구할 수 있을 것이다) 간에 맞게 소금을 휘휘 뿌려 살짝 절인 후 반나절 정도 익혔다 먹으면 끝. 이게 무슨 김치야 싶겠지만 한번 드셔보시길. 진짜 우리가 먹던 김치 맛이 저절로 난다.

이외에도 누군가 떠나면서 선물로 주고 간 불고기 양념에 고기를 재워 나름대로 파티 아닌 파티를 열기도 했고, 현지에서 구한 양파, 감자, 덩근 따위의 채소들을 배려 넣고 고추상에 나면 수프로 간을 해서는 정체불명의 찌개도 만들어 먹었으며(돌아와서 보니 모 버라이어티 프로그램에서 이 방법으로 끼니를 해결하더라), 이도 저도 없을 땐 세계 어느 도시를 가도 꼭 있는 중국 식당에서 완탕수프에 플레인 라이스를 시켜 말아 먹기도 했다. 물론 대부분은 현지의 음식들을 즐겼지만, 아주 가끔 긴 여행 끝에 외로움이 찾아올 때는 이런 우리 음식들로 마음을 채워보는 것도 하나의 방법이다.

3. 주住

입고 먹는 것과 마찬가지로 자는 것 역시 각자의 취향과 형편이 제각 각이라 어디가 좋다 쉽게 얘기하긴 그렇지만, 상황에 맞게 호스텔과 한인 민박, 호텔을 적절하게 이용하는 것이 좋다.

호스텔

여행을 시작한 마드리드와 꽤 길게 머문 바르셀로나를 제외하고는 여행 중반까지는 거의 호스텔을 이용했다. 전 세계의 여행객들이 모이다 보니 새로운 친구를 만나기에도 좋고 각종 제약이 덜해 훨씬 자유로우며 대부분이 식당을 이용할 수 있어 비용을 절약하기에도 그만이다.(물론 호스텔 자체의 비용 역시 다른 시설에 비해 훨씬 저렴하다.) 보통 6인 혹은 8인이 함께 쓰는 도미토리 룸으로 구성되어 있고, 남녀가 함께 쓰는 믹스 룸도 많다. 처음 믹스 룸에서 묵었을 때, 반라의 청년들이 이불을 걷어차고 자는 모습이나 샤워타월 한 장만 몸에 두른 채 활보하고 다니는 이국의 여인들을 보며 흠칫 놀라기도 했지만 어느 순간부터는 그런 차림의 그들과 자연스럽게 어깨를 툭 치며 농담을 할 정도로 익숙해졌다.(하지만 끝끝내 나는 옷을 갈아입을 때면 주섬주섬 옷가지를 챙겨 화장실로 향하곤 했다.)

보통의 호스텔 정보는 호스텔월드(www.hosterlworld.com. 한글 지원. 약간의 서비스 비용 부가)나 호스텔부커(www.hostelbookers.com. 영문 사이트. 서비스 비용 없음)를 이용했으며, 여유 있게 목적지에 도착한 경우엔 직접 인포메이션에서 문의하기도 했다.

한인 민박

아무런 정보가 없어 막막하거나 한국 음식이 그리울 때, 아니면 낯선 이국인들 사이에서 조금은 지쳐 있을 땐 한인 민박을 추천한다. 비용은 호스텔보다 조금 높지만 대부분 한식으로 구성된 저녁 식사가 포함되어 있기 때문에 오히려 이익일 때도 있고, 아무래도 낯익은 얼굴끼리 서로 통성명을 하고 지내기에 소지품 걱정 면에서는 호스텔보다 안심이 된다. 또 민박집을 운영하는 분들의 경우 그 지역에 대한 정보가 많기 때문에 좀 더 편하게 원하는 걸 알아낼 수가 있고, 가이드북이 없거나 가지고 간 책들을 다 읽어버렸을 경우엔 민박집에 비치되어 있는 책들을 읽으며 정보를 얻거나 또 다른 재미를 찾아볼 수 있다. 나의 경우엔 1주일 이상 한 도시에 머물 때면 민박을 이용했는데, 중간에 하루 이틀 정도는 방을 뺀 후 큰 짐은 민박집에 맡겨두고 간편한 상태로 주위 작은 도시들을 여행할 때 특히 좋았다.

각종 여행 관련 카페 혹은 민박 정보 사이트(민박다나와. www.minbakdanawa.com)를 이용해 정보를 얻으면 쉽고 빠르다.

효텔

사람과 사람이 만나는 것이야말로 여행의 진미지만, 가끔은 오롯이 나 혼자만의 공간이 필요한 순간이 있다. 그럴 땐 과감하게 호텔을 찾는다. 누구 눈치도 보지 않고 목욕도 오래오래 하고, 불도 늦게까지 환하게 켜놓고, 음악도 크게 들으며 맘 편하게 생리 현상도 해결할 수 있는 자유로움을 위해서라면 몇십 유로는 아깝지 않은 것이다.

호텔의 경우는 미리 예약을 하는 것보다 현지 인포메이션을 통해 문의하거나 다리품을 조금 팔며 직접 알아보는 편이 낫다.

2부 _ 잡힐 듯 잡히지 않는 그곳

South France

남프랑스

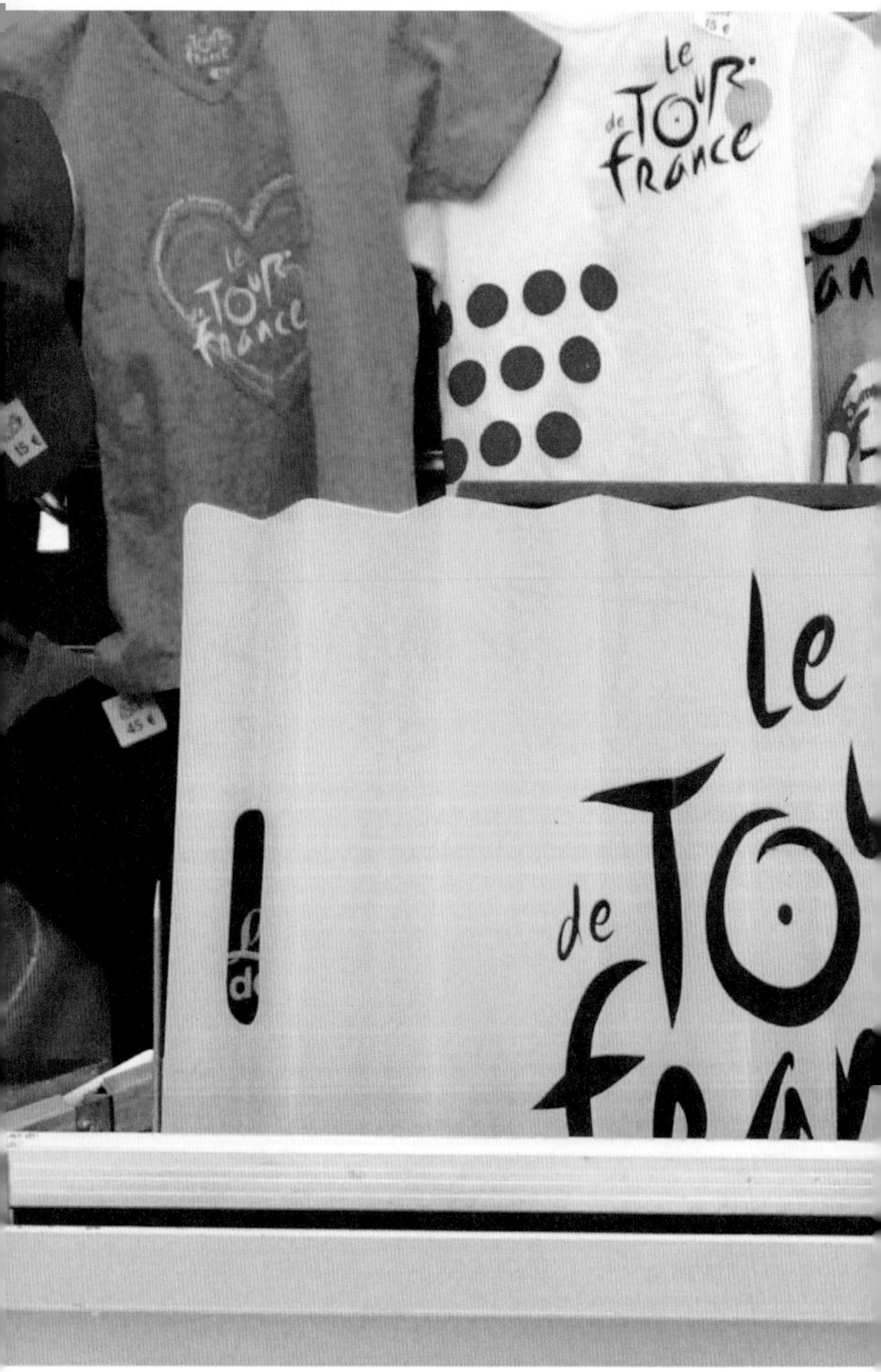

le
de TOUR
france
le
de TOUR
france
15 €
15 €

단 하루의 추억

님(Nimes)

_BGM.7

조그마한 너의 두 손으로 내게 전한 편지는
하고픈 말마저 다 못 하고 끝을 맺고 말았네

−신촌블루스, 〈아쉬움〉

7/18. 1 : 45 pm. 국경을 넘다

삼면은 바다에 북쪽은 38선에 막힌 반도 국가에 살다 보니, 육로
를 통해 국경을 넘는다는 게 이토록 쉬운 일인지 새삼스럽다. 파
리발 마드리드행 저가 항공 요금보다 비싼 44유로에 달하는 버스
요금을 내고 그저 덜컹대는 차창만 바라보고 있을 뿐인데, 중간에
내려준 휴게소의 표지판을 보니 한쪽은 스페인이고 다른 한쪽은
프랑스란다. 대충 점심을 때우고 다시 버스에 올라타니 그때부터
길 위의 안내문들이 달라지기 시작한다. 이제는 "올라" 대신 "봉
주르"를 외쳐야 한다.

5 : 00 pm. 님Nimes에 도착하다

프랑스 남부 여행의 시작은, 님. 조심스런 발음만큼이나, 프로방
스라는 느낌만큼이나 조용하고 소박할 거라 예상했는데, 뭔가 도
시 자체가 어수선하고 복잡하다. 함께 온 일본인 친구 히사와 숙
소를 구하기 위해 인포메이션을 찾아갔으나 호스텔 하나 없는 상

황. 알고 보니 유럽에선 월드컵 못지않게 인기를 누린다는 자전거 경주 대회, '투르 드 프랑스Tour de france'가 하필이면 바로 다음 날 님을 거쳐 간단다.

6 : 20 pm. 방을 구하다
한 사람당 23.5유로를 내고 낡은 호텔의 트윈 룸을 잡았다. 말만 1층인, 지하나 다름없는 컴컴하고도 눅눅한 방에 짐을 내려놓고 옷도 갈아입지 못한 채 우선은 나와본다.

8 : 38 pm. 배회하다
히사는 너무나도 부지런하다. 프랑스 가이드북 하나 없는 나에 비

해, 닌텐도에 음성 지원까지 되는 여행 관련 프로그램 팩을 깔고
마치 내비게이션을 따라 달리듯 거침없이 걷고 또 걷는다. 너무
지쳐 제대로 된 식당에서 힘이 나는 음식을 먹고 싶었던 나. 하지
만 헝그리 정신으로 점철된 그를 따라 어쩔 수 없이 길바닥에서
2유로짜리 치킨 케밥을 꾸역꾸역 입에 넣는다. 아무리 잘 꾸며놓
은 정원도, 로마 시대에 지어졌다는 원형극장도 눈에 들어오지 않
는다. 내가 원하는 건 찐한 커피 한 잔! 내가 사겠다고 해도 굳이
사양하며 계속 가잔다. 힘들어 죽겠다.

11 : 45 pm. 지쳐 쓰러지다
씻고 드러누웠더니 장딴지가 쑤셔온다. 무슨 극기 훈련 하나 마친
기분이다. 오늘은 손가락 하나 까딱하기 힘들다. 빨래고 뭐고, 이
만 겨우 닦고는 그대로 쓰러져 잔다.

7/19. 7 : 30 am. 눈을 뜨다
아침잠이 많아 언젠가부터 호스텔의 아침 식사도 포기한 채 늦잠
을 자던 내가 이 시간에 일어났다. 역시 우주 최강 부지런쟁이 히
사 덕분이다. 12시에 출발하는 자전거 무리를 놓치지 않고 보려
면 지금부터 나가 다른 볼거리들을 미리 섭렵해놓아야 한단다. 난
더 자겠다고, 너만 혼자 가라고, 화난 건 아니라고, 그저 너무 피
곤해서 그렇다고 차근차근 설명하는 게 귀찮아 어쩔 수 없이 끌려
간다.

12 : 10 pm. 출발을 구경하다

12시인 줄 알았던 투르 드 프랑스의 출발 시간은 특별한 규정이 있는지, 아니면 약간의 진행상 지연이 있었는지 10분 늦은 12시 10분에 이뤄졌다. 온통 노란색 물결의 홍보 포스터와 기념 티셔츠 사이에 끼어 단 10분 기다리는 것도 진이 빠진다. 땅, 소리와 함께 썰물 빠지듯 쑥 지나쳐 버리는 두 바퀴들의 물결. 허망하다. 내가 생각했던 님은 이게 아니었는데.

3 : 58 pm. 각자의 길을 향하다

히사와 작별의 인사를 나누고 아를로 향하는 기차에 오른다. 긴 한숨이 절로 나온다. 한때는 의기투합하여 각자 인원을 모아 렌터카를 빌려서 프로방스 지역을 여행하자 약속했는데, 결국 이렇게 하루 만에 헤어지고 말았다. 하지만 어쩔 수 없다. 누군가와 함께 하기 위해선 최종 목적지가 같거나 가는 길이 같거나 서로의 보폭이 같아야 하는데 우린 결정적으로 속도가 너무 달랐던 것이다. 지금쯤 그는 또 다른 어딘가를 향해 열심히 재빠르게 걷고 있겠지. 그리고 난 느릿느릿 게으름을 피우며 걸어가겠지. 그래도 이렇게 많은 사람 중에, 이렇듯 다양한 길 위에서, 이렇게나 다른 속도를 거쳐 한순간 같은 지점에서 만나 함께했다는 것만으로도 대단한 인연이라 믿어 의심치 않는다. 그리고 100일의 시간 가운데 하필이면 바로 이날 조우하게 된 님과의 인연 역시 그저 하룻밤의 추억만으로 흘려보내기엔 못내 아쉽다.

S#**8**

더 좋아하는 사람이 **약자이기 마련**

"La chambre
de Van Gogh"

entrez dans
l'univers de
l'artiste...

아를 [Arles]

_BGM.8

다가갈수록 넌 더 그만큼 넌 더 조용히 내게서 멀어져
내가 지쳐 멈출 때면 함께 멈춘 넌 또다시 희망을 주곤 했지

- 조규찬, 〈달〉

스페인에서 남프랑스로 넘어온 이후, 우리 말을 단 한 마디도 하
지 못한 채 지내고 있다. 이미 7월의 중반을 넘어 그 끝을 향하며
나름대로 여행 피크라 생각되는데도 불구하고, 어깨만 부딪치면
"죄송합니다" 소리가 사방에서 들려오던 바르셀로나와는 달리 우
리나라 사람은 그림자도 보이지 않는다. 그러다 보니 나도 모르게
말이 없어지고, 말이 없어지니 생각만 많아지고, 생각만 많다 보
니 왠지 우울해진다.

온통 서양인들에 아시아인이라곤 일본인과 중국인밖에 없던 아를
의 호스텔이 지겨워, 세 배가 넘는 금액을 지불하고 호텔로 옮겨
왔다. 그러고는 돈값 한답시고 지문이 닳도록 있는 빨래 없는 빨
래 몽땅 해치우고 간만에 트렁크 정리 쫙 한 후, 여행 중 처음으로
만나보는 개인용 책상에 앉아 슈퍼에서 산 빵 쪼가리에 고추장 발
라 맹물로 목 축여가며 먹다 보니 지금 내가 뭘 하고 있는 것인가
하는 한심한 생각이 든다. '아니야. 이럴수록 기분 좋은 생각을

해야 해' 스스로 다독이며, 생각만 해도 군침이 도는 지금 이 순간 딱 먹고 싶은 음식들의 목록을 쭉 나열해보기로 했다. 오장동 회냉면, 여의도백화점 지하 콩국수, 이태원 나리의집 삼겹살, 홍대 조폭 떡볶이, 신사동 아귀찜과 주먹밥, 서래마을 양곱창, 새벽집 멸치 김치찌개, 가양동 산골짜기 닭볶음탕, 신길동 호수 삼계탕, 홍대 요기 비빔국수, 삼청동 눈나무집 김치말이 국수와 떡갈비……. 이렇게 적어 내려가다 보니, 어느 순간 이 모든 게 아무것도 그립지가 않았다. 다만 한 가지, 우리말로, 침 튀기며, 열나게(!) 떠들고 싶어 졌다. 형용사 막 섞어가며 조사 확실하게 써가며 과

장법 및 비유법, 반어법, 그 밖에 요즘 한창 뜨는 유행어까지 팍팍 넣어서!

사실 아를은 프로방스 여행을 준비하면서 가장 기대했던 곳이다. 고흐의 〈밤의 테라스〉와 〈별이 빛나는 밤〉, 〈아를의 도개교〉와 같은 작품의 배경이었다는 이유 하나만으로도 충분히 매력적이었던 이곳. 하지만 마치 너무 맘에 드는 파트너를 만난 소개팅 자리에서 실수만 연발하게 되는 것처럼 난 아를에 도착하는 순간부터 계속 허둥대기만 했다. 처음 도착했던 날 아침부터 비가 오락가락하더니, 10시부터 5시까지는 호스텔 문을 닫아놓는다는 사실을 잊은 채 퇴실 시간을 못 맞추질 않나, 숙소에서 중심가로 나오는 한적한 기찻길에서 프랑스판 바바리맨, 아니 정확히는 타월맨을 만나질 않나(심지어 두 번씩이나!), 노란 벽의 반 고흐 카페에선 커피 주문도 잘못하고, 그 잘못 시킨 커피를 카메라에 쏟고, 그러는 와중에 근처 타바(Tabac, 담배 등 잡화를 파는 상점)에다 지도와 책을 두고 온 걸 기억해서는 서둘러 뛰어갔다 오고.

연애든 여행이든 어디나 밀고 당기기는 있기 마련. 아무래도 내가 아를을 너무 좋아하나 보다. 콩닥대는 마음 진정 좀 시키고 동등한 입장에서 마주 봐야겠다는 일념하에 우선 숙소부터 옮기고 새롭게 시작하는 심정으로 다시 지도를 집어 든다. 이곳의 관광 안내 지도는 무척 친절해서 역사의 시간대별로 걷기 좋은 코스, 고흐의 작품 배경을 따라 걸어가는 코스, 먹고 마시기 좋은 코스 등으로 표시가 잘되어 있다. 그 길을 따라 오전엔 이쪽으로, 오후엔 저쪽으로 그렇게 걷다 보니 어느새 조금은 가까워진 기분. 게다가 마침 사진 관련 축제가 진행 중이라 하루는 꼬박 크고 작은 관광 명소에서 전시 중인 사진들을 보는 재미로 지냈다. 뭐랄까, 동경하던 짝사랑 대상과 드디어 교감하기 시작했다는 느낌이라고나 할까?

하지만 떠나는 그날까지 반가운 우리말 한 번 듣질 못했고, 마음 따뜻해지는 정 같은 것도 느낄 새가 없었다. 묘하게 공감하면서도 보면 볼수록 어렵게 느껴지는 고흐의 그림처럼, 어찌어찌 말은 놓았지만 개인적인 얘기는 절대 나누지 않는 코너 게스트처럼, 근사한 코스 요리를 눈앞에 두고도 조금은 불편해서 깨작대다가 결국 집으로 돌아와 찬밥에 물 말아 한 대접 먹어치우게 만드는 내겐 너무 과분한 누군가처럼 멀지도 가깝지도 않은 딱 그 정도의 거리. 내게 있어 아를은 그 정도의 거리를 사이에 둔 채 여전히 머물러 있다.

화장지운 이곳은 어떤 모습일까?

아비뇽 (Avignon)

전날부터 불기 시작한 광기 어린 아를의 강풍을 온몸으로 맞으며 떠밀리듯 올라탄 아비뇽행 버스. 정면으로 보이는 커다란 창을 옵션으로 부여받은 맨 앞자리에 앉아 물 한 모금을 들이켜고 아이팟을 꺼낸다. 세상이 참 좋아져서 문득 듣고 싶은 노래가 있으면 그곳이 어디든 그때그때 바로 다운을 받아 들을 수가 있는데, 여행 중에 내가 선호했던 곡들은 바로 90년대 초반을 풍미했던 노래들이었다. 지독한 과거지향주의자인 난 특정한 날의 그 순간 어떤 특별한 기분이 느껴질 때면 '이런 비슷한 삼성을 선에도 느꼈었

는데' 하고 기억을 되감아보곤 하는데, 지난밤 아를의 좁은 싱글 룸 침대에 누워 창밖의 풍경을 보다 보니 1993년의 어느 날과 자연스럽게 오버랩됐다.

당시 우리 집은 복닥대던(이라고 말하기엔 너무 제주도지만) 신제주 시내에 살다가 조금은 외곽으로 떨어져 이사를 했더랬다. 말 그대로 언덕 위의 집스러운 곳으로. 그곳에서 나는 난생처음 내 방을 가지게 됐다. 물론 오빠가 서울로 유학(?)을 간 이후 그때까지 한 방을 같이 쓰던 언니와 자연스럽게 헤어지게 되긴 했으나, 둘이 같이 썼던 가구며 정확히 나눠지지 않은 각종 물품들로 인해 이게 진짜 내 방인지 실감이 잘 나지 않았던 게 사실이다. 하지만 새 집을 설계하던 시점에서부터 '이 방은 수정이 방'이란 타이틀이 당당히 붙어 있었고, 나만 자는 새 침대에, 나만 덮는 새 이불에, 나만 쓰는 새 책상이 생긴 것이다. 마치 그날의 그 싱글 룸과 비슷한 구조로. 우리 집에서 최고로 좁은 방이었지만 지금도 그때 그 방을 잊을 수가 없다. 창문을 열면 저 멀리로 바다가 보이고, 아침이면 조잘대는 새소리가, 밤이면 어슴푸레한 오징어잡이 배의 등불

이 나를 깨우고 잠재우던 그곳. 사실 그 집의 최후는 그다지 해피하지 않아서 우리 가족 모두 그리 좋은 추억을 지니고 있진 않지만, 17세와 18세 가장 예민한 시기를 보냈던 언덕 위의 그 집이 나는 종종 그리워진다.

누구나 인생을 되돌아볼 때, 그 어떤 시기보다 조금은 더 찬란하게 느껴지는 순간이 있을 것이다. 나에게는 93년 그즈음이 그렇다. 고등학교 2학년, 교복 치마 한두 단을 접어 올려 입고 다니면서 공부보다 서클 활동에 매진하고, 남들 다 듣는 서태지 대신 봄여름가을겨울이나 김현철, 낯선사람들의 B면 두 번째 곡을 즐겨 들으며 잘난 척을 해댔던, 날라리를 동경하는 2% 부족한 모범생 시절. 그때를 생각하며 누군가 올려놓은 92, 93년 빌보드 차트 MP3 모음을 내려받아 듣다 보니 노래 하나하나마다의 추억이 떠올랐다.
처음 듣는 순간 소름이 확 끼쳤던 보이즈투멘으로부터 시작해서 기타 좀 친다는 선배들이 캠프파이어 때마다 부르던 〈Tears in heaven〉, 무용 실기 시험 배경음악이기도 했던 머라이어 캐리의 〈Without you〉, 뭐 이런 노래가 다 있나 싶어 깔깔대며 따라 부르던 〈I'm too sexy〉, 똥폼 잡고 그룹 하던 애들의 지정 카피곡이었던 본 조비까지. 그렇게 듣고 듣고 듣다 보니 어느새 마이클 잭슨의 〈Black or White〉가 흘러나오기 시작했다. 맞다. 바로 그해 학교 축제 때 이 곡을 배경으로 아주 조잡스럽고 재미없는 뭔가를 했었는데. 그걸 연습한답시고 멀다면 먼 우리 집까지 걸스카우트·보이스카우트 대원들을 죄다 끌고 와 춤을 추고 콩트를 짜고 그

누군가 그랬다 모든 추억은 기억이 되지만,
모든 기억이 추억 되는 건 아니라고

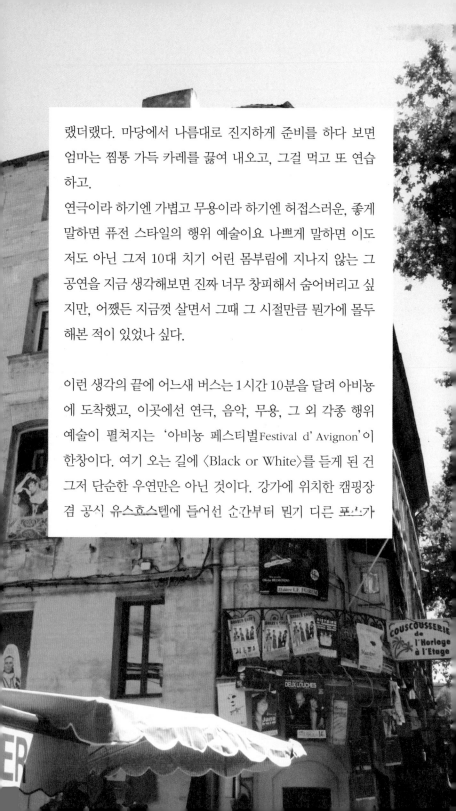

랬더랬다. 마당에서 나름대로 진지하게 준비를 하다 보면 엄마는 찜통 가득 카레를 끓여 내오고, 그걸 먹고 또 연습하고.

연극이라 하기엔 가볍고 무용이라 하기엔 허접스러운, 좋게 말하면 퓨전 스타일의 행위 예술이요 나쁘게 말하면 이도 저도 아닌 그저 10대 치기 어린 몸부림에 지나지 않는 그 공연을 지금 생각해보면 진짜 너무 창피해서 숨어버리고 싶지만, 어쨌든 지금껏 살면서 그때 그 시절만큼 뭔가에 몰두해본 적이 있었나 싶다.

이런 생각의 끝에 어느새 버스는 1시간 10분을 달려 아비뇽에 도착했고, 이곳에선 연극, 음악, 무용, 그 외 각종 행위 예술이 펼쳐지는 '아비뇽 페스티벌Festival d' Avignon'이 한창이다. 여기 오는 길에 〈Black or White〉를 듣게 된 건 그저 단순한 우연만은 아닌 것이다. 강가에 위치한 캠핑장 겸 공식 유스호스텔에 들어선 순간부터 뭔가 다른 포스가

느껴진다. 나와 같은 단순한 여행객부터 시작해 연극이나 무용 전
공자로서 생생한 페스티벌을 즐기러 찾아온 미래의 아티스트들,
혹은 정식 공연장은 아니지만 하루 종일 거리를 누비며 퍼포먼스
를 뽐내다 잠시 쉬러 들어온 가난한 예술인까지. 그동안 느끼지
못했던 특별한 기운이 숙소에서부터 감돌고 있다.

잠시 쉬다 중심 시가지로 나서본다. 굳이 표를 사 들고 찾아가지 않더라도, 그저 노천카페에 앉아 커피 한 잔을 하고 있어도 어디선가 거리 공연을 하거나 자신들의 공연을 알리기 위해 독특한 컨셉으로 홍보를 하고 있는 이들이 찾아와 팸플릿을 나눠주며 노래를 들려준다. 길 한복판에서 울고 웃는 연기도 한다. 몇백 년은 됨직한 담벼락 위로 내일의 포스터가 새롭게 걸린다. 은빛 머리를 날리며 우스꽝스런 표정으로 아코디언을 연주하는 나이 든 악사나, 아빠의 목에 올라타 천진난만한 표정으로 그 모습을 보고 있는 일곱 살짜리 꼬마 숙녀나, 모두들 청춘이며 열정 가득한 젊음 그 자체다.

알아듣지 못하는 불어로 가득한 연극 대신 조금은 수월한 뮤지컬 아트 한 편을 보고 돌아오는 길에 히피 차림의 동양 여인 둘과 마주쳤다. 그녀들은 내 손에 쥐어 있던 티켓을 보면서 공연 보고 오는 길이냐며 묻고, 나는 그들이 들고 있던 기타와 앰프를 보고 공연을 했느냐고 물었다. 일본 출신의 그들은 파리에서 함께 음악 활동을 하고 있고 해마다 축제 기간에 맞춰 이곳 아비뇽 거리에서 노래를 한단다. 그러고 보니 아까 낮에 돌아다닐 때 언뜻 본 듯도 하다.

그들의 나이는 마흔쯤. 정열적으로 노래하던 대낮의 그 순간에는 알아차리지 못했던 부스스한 머릿결과 눈가의 주름이, 딱 그 나이로 보이기에 적당했다. 마침 같은 호스텔에 묵고 있어서 근처 강가에 앉아 이런저런 얘기를 나누게 됐는데, 마냥 즐기며 살아가는 듯 보이던 아까와는 달리 왠지 모를 삶의 고단함 같은 것이 느껴졌다. 세상의 잣대는 무시한 채 하고 싶은 대로 마음껏 살아가는 이들을 동경하고 그 용기를 부러워해왔지만, 그들 역시 무대 아래에선 나름대로 현실과 순수한 열정 사이에서 끊임없이 고민하고 싸워왔던 것이다.

페스티벌이 끝나고 난 후의 아비뇽은 어떤 모습일까. 윤대녕의 한 소설에서는 철거가 임박한 아비뇽의 서민 임대주택에 대한 이야기가 언급되곤 했지만, 내가 머물었던 순간의 아비뇽에서는 잊힌 공간이라든가 과거의 시간 따위는 상상하기가 힘들다. 그저 넘치는 활력과 열정이 현재의 공기를 타고 흐를 뿐이다. 하지만 화장을 지우고 돌아선 악사의 얼굴에서 또 다른 이야기가 시작되듯이, 축제가 끝나고 난 후의 아비뇽은 또 다른 역사를 들려주고 만들어 갈 것이다. 그리고 나는 그저 우연한 기회에 다시 이곳에 들러 그 숨어 있던 나머지 이야기들을 조용히 듣고 느끼면 되는 것이다.

S# **10**

향기로운 추억

엑상프로방스, 마르세유 (Aix-en-Provence, Marseille)

_BGM.10

향기로운 우리의 얘기로 흠뻑 젖은 세상
시간이 천천히 흐르고 있던

— 박학기, 〈향기로운 추억〉

프로방스. 왠지 발음에서부터 향긋한 라벤더 향이 나는 그곳. 푸른 포도밭 사이로 서 있는 소박한 오두막 창문에서 고소한 빵 냄새가 흘러나올 법한 그곳. 호호 아줌마를 닮은 할머니 한 분과 반갑게 포옹을 하며 진한 살 냄새에 고개를 파묻을 것 같은 그곳. 하지만 일주일이 넘게 프로방스 지역을 여행하면서 그저 도시와 도시를 오가는 버스 차창 사이로 스며드는 시퍼런 평야의 바람 냄새만을 확인했을 뿐, 이런 향기를 제대로 맡아본 적은 단 한 번도 없었다. 내가 찾던 그런 프로방스는 대중교통을 이용하기보다는 직접 운전을 하고 구석구석 찾아가 봐야만 만날 수 있다는 사실을 뒤늦게야 알게 된 것이다.

그렇다고 낙담만 하고 있을 순 없는 법. 이름부터 프로방스다운 엑상프로방스로 향한다. 우선 숙소부터 해결하고 제일 중심가라 할 수 있는 미라보 거리를 찾았을 때, 나를 처음 반긴 것은 나무 냄새였다. 걷기 편한 널찍한 보행 도로를 사이에 두고 일렬로 쭉

서 있는 플라타너스. 내가 좋아하는 서초동 국립도서관 앞의 그것과 흡사한 모습에 기분이 좋아진다.

좀 더 걷다 보니 어디선가 달콤하면서도 향긋하고, 그러면서도 고소한 복합적인 냄새가 난다. 길을 따라 모여 있는 노점들. 한쪽은 보랏빛 라벤더가 수북하고, 다른 한쪽은 진녹색 유리병에 올리브

유가 담기고 있다. 갓 구운 아몬드 쿠키, 이니셜이 적혀 있는 형형 색색의 앙증맞은 비누, 왠지 달콤한 맛이 날 것만 같은 로제 와인까지. 눈을 감고 걸어도 이쯤에서 어떤 물건이 기다리고 있을지 알아맞힐 수 있을 정도다.

이번엔 좁은 골목길을 지나본다. 비릿한, 그러나 역하지 않은 물 냄새가 난다. 분수다. 그러고 보니 미라보 거리가 시작되던 중심 광장에서부터 큰 분수가 있었는데, 구석구석 사람들 시선이 많이 닿지 않는 곳에도 크고 작은 분수들이 눈에 띈다. 샘이 많아 기원전 로마 시대서부터 물의 도시라 불렸다더니, 역시나 싶다.

다음 날, 버스로 20분 정도 걸리는 마르세유에 가보기로 한다. 개선문 근처 버스 정류장에 내리자마자 훅 풍겨오는 땀 냄새. 깍쟁이처럼 길을 걸을 때도 몇 미터씩 사이를 두는 파리지앵과는 달리 어깨도 툭툭 부딪치고 눈빛도 왕왕 마주치는 사람들 속에서 항구 도시 특유의 복잡함과 사는 맛이 느껴진다.

옛 항구를 향해 걸어가다 보니 점점 바다 냄새가 강해진다. 벌써 하는 마음에 길을 돌아보니 푸른 물결 위로 정박해 있는 배들이 시원스럽다. 한눈에 바다가 보이는 카페에 앉아 차가운 레모네이드 한 잔을 삼키니 톡 쏘는 새콤함이 코끝을 간질인다.

관광용 미니 열차를 타고 도시 한 바퀴를 돌아보다가 언덕 위에 있는 노트르담 성당에서 내린다. 한눈에 들어오는 바다와 마르세

유의 전경을 뒤로한 채, 준비해 온 바게트 샌드위치를 한입 베어 문다. 찍~ 터지는 토마토와 물컹한 치즈. 수없이 먹었던 샌드위치지만, 왠지 더 프랑스스럽다.

다시 엑스의 숙소로 돌아와 햇빛에 바싹 말려 아직까지도 따뜻한 기운이 남아 있는 시트에 코를 박고 누우니 스르르 잠이 올 것만 같다. 꼭 어린 시절, 화투장을 늘어놓고 오관을 떼고 있는 할머니의 허벅지를 베개 삼아 특유의 할머니 냄새가 밴 명주솜 이불을 눈썹까지 끌어 올린 채 꼬박꼬박 졸고 있는 듯한 기분이다. 계 모임 나간 엄마 몰래 화장대 서랍을 뒤지며 놀다가 발견한 엄마의 오래된 핸드백에서 나는 분 냄새를 맡고 있는 기분이다. 소풍날 아침 혹시라도 비가 올까 서둘러 깼다가 부엌에서 나는 고소한 참

기름 냄새와 툭툭 김밥 써는 소리에 안심하고 다시 잠들 때의 기분이다.

예상치 못한 축제와 인파의 물결에 휩쓸려 제대로 섞이지는 못한 채 그저 동경하는 마음으로 머물렀던 그동안의 남프랑스. 하지만 이곳은 달랐다. 분수 앞 벤치에 앉아 전공 서적을 읽고 있는 학생의 모습에서, 옆 테이블에 앉아 메뉴 고를 때부터 오지랖 넓게 도움을 주더니 식사를 다 마치고 일어나면서 맛이라도 보라며 남은 와인을 병째 주던 노부부의 아량에서, 태권도 검은 띠에 김치찌개 마니아라며 나를 반겨줬던 호텔 주인 아저씨의 친절함에서 강한 친근감을 느낀다. 수많은 향기로 나를 즐겁게 해준 엑상프로방스, 그리고 마르세유. 이곳에서 마주친 모든 향을 더한다면 아마 기분 좋은 사람 냄새를 하고 있을 것이다.

S# **11**

느릿느릿, 여유있게

느릿느릿, *여유있게*

니스, 에즈빌라즈, 생폴드방스
(Nice, Eze Village, St. Paul de Vence)

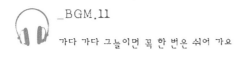

_BGM.11

가다 가다 그늘이면 꼭 한 번은 쉬어 가요

– 윤종신, 〈그늘〉

제아무리 가요톱텐 1위 가수라도 골든컵 타고 나면 슬그머니 하향 곡선을 그리며 내려오고, 끝없이 추락할 것 같은 주식 그래프도 바닥을 치면 다시 올라가듯이, 긴 여정을 달리는 감정의 곡선역시 일정한 간격을 사이에 두고 오르락내리락한다.

바르셀로나에서 정점을 찍었던 나의 조증은 프랑스로 넘어온 후울증을 내달리다가 엑상프로방스에서부터 다시 상승세를 회복했다. 기분이 좋다. 이럴 땐 이 분위기를 쭉 이이가 줘야 한다. 그래서 나는 조금의 사치를 부리기로 했다. 니스에서는, 나이스한 숙소에서 묵어보는 거다.

원하는 서비스 리스트를 적어본다. 바다가 보이는 전망에, 기차역은 물론 중심지에서 가깝고, 무선 인터넷을 쓸 수 있으며, 조식 메뉴가 다양하고, 매트리스가 폭신하면서, 화장실엔 뽀송뽀송한 샤워타월에 욕조가 꼭 달려 있는 방. 이 모든 조건을 만족시키기 위

쉼······ 먼 길을 걸어온
나를 위한 잠시 잠깐의 사치

해선 영국인의 산책로에 위치한 별 다섯 개짜리 인터내셔널 체인 호텔 정도가 딱인데, 그러기엔 또…… 내가 너무 새가슴이다. 그래서 현실과 적절히 타협하기로 했다. 오션 뷰는 뭐, 낮에 바닷가 나가서 실컷 보면 되지. 어차피 해 다 지고 들어오는 거, 봐봤자 깜깜하잖아. 조식 메뉴라…… 언제부터 아침 거하게 먹었다고. 살쩌. 통과! 스프링이 몇 갠지 누운 상태로 셀 수 있을 만큼의 열악한 침대에서도 잘 버텨온 허리, 설마 님 숙소보다 더한 침대가 우주 상에 존재하겠어?

이렇게 적어놓은 리스트에서 하나씩 빗금을 그어가는데, 절대 양보할 수 없는 게 남아 있다. 바로 욕조. 떠나온 지 어언 한 달 반. 그동안 졸졸 내려오는 샤워기만 써왔지, 뜨거운 물에 몸을 푹 담가본 적이 없다. 목욕탕에서 관리사 아주머니께 몸을 맡긴 채 쫙쫙 때를 밀고 마사지를 받는 꿈까지 꿀 정도로 샤워 말고 우리식 목욕이 하고 싶어 미칠 지경이다. 다행히 해변에서 가까운 마세나 거리 근처에 조건이 맞는 곳을 찾아 체크인을 했다.
방으로 들어가자마자 살갗이 벌게질 정도로 뜨거운 물을 욕조 가득 받고 몸을 담갔다. 으으, 시원~하다. 그렇게 손가락이 주글주글해질 때까지 무념무상의 상태로 있다가, 이번엔 때수건을 꺼내 든다. 벅벅, 손길이 지나칠 때마다 메밀국수 가락이 밀려 나온다. 다시 말끔하게 물로 헹구고는 세포라에서 야심 차게 구비한 향 좋은 보디클렌저로 구석구석 거품을 낸다. 아, 이 향기. 차이나 칼라의 순백 드레스를 입은 그레이스 켈리가 된 듯한 기분이다.

혹시 하수구가 막히면 어떡하나 슬쩍 걱정이 될 정도로 그렇게 오래오래 목욕을 즐기고 나오니 어느덧 저녁. 배가 고프다. 이럴 땐 미역국 백반에 얼음 동동 식혜 한 사발 쭉 들이마셔 줘야 하는데. 아쉬운 대로 호텔 1층에 있는 레스토랑에 가서 핫소스 뿌려가며 매콤한 아라비아타 스파게티를 해치우고 콜라 한 잔을 원샷한 후 어슬렁어슬렁 해변으로 나간다.

어스름 해가 지는 시간, 바다를 향해 있는 벤치에 앉아 수평선을 보고 있으려니 왠지 명치끝이 간질간질하다. 자꾸 발가락 사이를 꼼지락거리게 된다. 비실비실 웃음이 난다. 행복하다.

그 후로 닷새 동안 니스에서의 행복은 계속 이어졌다. 물론 다음 날 체크아웃 시간에 맞춰 다시 트램을 타고 여덟 정거장이나 지나쳐야 하는 호스텔로 거점을 옮겼지만 생텍쥐페리라는 이름답게 이곳저곳에 반가운 어린 왕자 그림이 걸려 있어 좋았고, 무료로 비치타월과 파라솔, 돗자리(진짜 우리나라 돗자리처럼 생겼다!)를 빌려주는 시스템이 맘에 들었으며, 옛 예배당을 개조해 만든 식당에서 1유로밖에 안 받는 커다란 캔 맥주를 로프 삼아 수많은 행성에서 찾아온 나와 다른 사람들과 친구가 되는 시간은 행운이었다.

사람 많다고 소문난 니스의 해변에서 지글지글 타오르는 자갈밭 위에 마치 맥반석 오징어가 된 기분으로 누워 있다가도, 2주 만에 다시 만나는 반가운 지중해의 바람과 시원한 지중해의 그늘 덕분에 한숨 달게 잘 수 있었다. 그뿐인가. 버스로 20분 거리에 위치한 작은 마을 에즈빌라즈와 그곳에서 다시 1유로의 버스비만 내면 닿을 수 있는 모나코까지 이르는 환상의 해안 도로는 이번 여행의 차창 풍경 베스트 3위 안에 들 정도였고, 또 다른 근교 마을 생폴 드방스의 아기자기함은 프로방스에서 만나지 못했던 남프랑스 특유의 전원 분위기를 흠뻑 느끼게 해주었다.

미처 파라솔 그늘이 닿지 않은 발끝을 바라보니 그새 많이도 탔다. 맨발로 있어도 마치 흰색 조리를 신고 있는 것 같은 몹쓸 발. 뒤꿈치는 다 갈라지고 엄지와 검지 발가락 사이엔 굳은살까지 박혀버린 몹쓸 발. 조금 피곤하다 싶으면 어김없이 퉁퉁 부어올라 흡사 코끼리의 그것과 같아지는 몹쓸 발. 반 토막도 안 남은 페디큐어 때문에 더 볼썽사나운 몹쓸 발. 그래도 바라보면 바라볼수록 왠지 흐뭇한 웃음을 짓게 만드는 기특한 발.

때로는 여행이 고행이 되는 순간이 있다. 뒤돌아볼 겨를 없이 무작정 뭔가에 떠밀려 앞으로만 돌진하는 생활이 싫어 떠나왔음에도 불구하고, 그때보다 더 치열하게 운동화 끈을 조이고 길을 나선다. 나쁜 것만은 아니다. 하지만 기억하자. 우리의 두 발에게도 가끔은 휴식이 필요함을. 답답한 신발 따위는 잠시 벗어 던지고 시원한 바람 한 줄기 만나게 해줄 의무가 우리에겐 있음을.

나의 영어 실수담 시리즈!

 _ 하나

말라가의 호스텔에서 한 독일 남이 물었다.
"혹시, 여기 있던 내 ○○(못 알아들었다) 못 봤니?"
"어."
"봤다고?"
"아니."
"봤다는 거야, 못 봤다는 거야?"
"음…… 나는 너의 그 무언가를 보지 못했어."

분명 중학교 때 배웠는데. 부정형으로 물었을 때 YES랑 NO랑 구별
해서 쓰는 법. 어떻게 대학까지 갔나 몰라.

 _ 둘

일본인 친구 히사가 내게 물었다. 외국에서 걷는 게 힘들지 않느냐
고.(참고로 그는 한 도시 내에선 무조건 걷기만 한다. 절대 버스며 지하철을
타지 않는다.)
나는 말했다.
"사실 난 운동하는 걸 즐기지 않고, 한국에선 세 걸음 이상 걷게 될
일이 있으면 무조건 차를 탔어. 근데 여행 중엔 괜찮아. 단, 오르막길
만 아니면!"

내가 생각해도 꽤 잘 설명했다.

하지만 그는 잠시 난감한 표정을 짓더니 다시 한 번 차근차근
또박또박 질문을 한다.

알고 보니 그가 한 말은, 외국에 나와 일을 하는 것에 대해 어떻게
생각하느냐는 거였다.

결국 그와는 아를에서 헤어졌다. 절대 대화가 안 통해서 그런 건
아니다.

 _ 셋

아비뇽의 호스텔은 강가 바로 앞에 위치해 있고 캠핑장도 겸하고 있
어 분위기가 꽤 좋다. 단 한 가지 단점이 있다면 따로 시트를 주지 않
는다는 것. 다행히 난 준비해 온 담요가 있어 대충 잘 수 있었지만 같
은 방을 쓰는 폴란드 그녀는 아무것도 없었다. 밤새 강풍이 불던 그
곳에서 민소매 티 하나만 입고 어찌할 바 모르는 그녀에게 난 매우
친절하게 물었다.

"돈츄 해브 애니 잠바?"

그녀의 동공이 조금 커지기에, 난 다시 말했다.

"돈츄 해브 애니 좌아암봐아아아?"

이 몹쓸 일본식 영어 발음의 병폐라니. 나도 모르게 "스미마센"이라
고 할 뻔했다.

솔직히 고백하건대, 나의 영어는 결코 유창하지 않다. 늘 중학생 수
준에 멈춰 있다 자체 평가 해왔건만, 요즘은 유치원생들도 혀에 모터

를 단 듯 영어에 능통한 시대라 이런 말조차 자신 있게 하기 힘들다. 영수에 약한 학창 시절을 보내고, 그 흔한 회화 학원 한 번 제대로 다녀보지도 않았다. 다행히 영어와는 그다지 상관없는 일을 해왔기에 외국어에 대해서는 별 불편함 없이 살아왔지만, 이렇게 긴 여행을 하는 중에는 언어에서 오는 벽에 부딪히는 경우가 종종 생긴다.

가령 여행 중에 만난 누군가가 내가 다녀온 도시에 대해 묻는다고 하자. "세비야는 어때?" 하는 질문에, 나는 "세비야의 카테드랄은 독특해. 정방형으로 되어 있거든. 특히 마당의 오렌지나무가 인상적이라고 하는데, 아쉽게도 내가 갔을 땐 덜 익은 녹색 오렌지들만 달려 있었지. 그리고 그곳에서 플라멩코를 봤는데 와! 정말 예술이더라. 그 눈빛, 잊을 수가 없어. 마치 작두를 타는 듯해. 아, 작두라고 아니? 한국의 민속신앙과 관련된 거야. 하지만 세비야에서 제일 맘에 들었던 건 바로 내가 묵었던 호스텔이지. '프렌즈'라는 곳인데, 이름처럼 많은 친구를 사귈 수 있었어. 무지 깔끔하고 테라스가 너무 좋아. 하지만 한 가지 기억해야 할 것! 세비야, 너무 더워. 기본이 40도야. 내륙 지방에다 사방이 산으로 가로막혀서 더더욱 더운 거래. 하지만 해가 지고 나면 신신한 바람도 좀 불신 해. 그렇게 어두워졌을 땐 꼭 스페인 광장에 가봐. 야경이 너무 예쁘거든. 한국의 유명한 여배우 중에 김태희라고 있는데 그녀가 그곳에서 찍었던 CF가 참 인상적이었어. 아! 내가 노트북을 갖고 있는데…… 한번 볼래?"라고 설명하고 싶지만, 그저 "굿!"이라고밖에 할 수 없다. 고작해야 앞에다 베리 베리 따위를 덧붙이는 정도?

가끔씩 혼자 답답해한다. 왜 난 내 생각이나 감정을 마음껏 표출할 수 없는 것일까? 특히 한국의 독특한 문화나 통일에 관련된 얘기를 물어 올 때면(독일 아이들이 이런 걸 많이 궁금해한다) 더더욱 난감해진다. 이건 표정이나 손동작만으로 설명하기엔 너무 디피컬트하기에. 여행 초반엔 이런 벽의 높이는 더더욱 거대하게만 느껴져 함께 즐기다가도 왠지 나의 무식이 탄로 날까 두려워서는 어느 순간 슬그머니 혼자 침대로 들어와 돌아누우며 자책하곤 했다. '그러게 엄마가 열심히 공부하라고 할 때 말 좀 들을걸……' 하고.

하지만 시간이 흐를수록 이런 자기방어적 성향이 조금씩 무너져 가고, 어쩔 수 없이 내 얘기를 정확하게 전달해야 하는 위급한 상황을 몇 차례 겪으면서 나름대로 요령이 생겨나기 시작했다.

숙소나 기타 여행지에서 만나는 같은 여행객끼리는 일종의 패턴이 있는데, 우선 "Where are you from?"으로 말문을 트고, "How long" 정도를 쓰면서 얼마나 여행했는지를 묻고, "I have been"을 자신 있게 구사하며 어디 어딜 다녀왔는지 대충 도시 이름만 나열하다 보면 금세 친해진다. 그러다 좀 더 대화가 길어질 것 같으면 솔직하게 얘기한다. 나는 영어를 잘 못한다고. 이해해달라고. 그럼 그들은 말한다. "나도 한국어를 모르는데, 뭘." 그러면서 좀 더 쉬운 단어로 되도록이면 천천히 얘기해준다. 그렇게 대화의 장이 열리면 눈치껏 먼저 질문을 던진다. 그리고 그에 대한 답을 하는 본새를 잘 봐뒀다가, "너는?" 하고 물을 때면 그 표현법을 참고 삼아 대강 따라한다. 그러다 보면 그리 많은 얘길 하지 않으면서도 자연스럽게 대화를 주도하게 되고, 자신감이 붙게 되는 것이다.

실례로 한 호주 친구와의 대화 도중 역시나 난 영어를 잘하지 못한다고 미리 고백을 했더니 그는 이렇게 말했다.

"그래. 사실 네 영어는 내가 사는 곳에서 만난 다른 한국인들에 비해 수준이 좀 낮은 건 사실이야. 하지만 그들과 얘기하는 것보다 너와의

대화가 나에겐 훨씬 재밌어. 완벽한 문장은 아닐지 몰라도 넌 대화하는 것 자체를 즐기는 것 같거든. 그리고 네가 미처 다 전하지 못한 이야기는 너의 표정에서 읽을 수 있단다."

이렇게 눈과 눈을 마주보며 서로의 표정을 읽을 수 있는 대화는 의외로 쉽다. 하지만 관광 명소나 박물관에 붙어 있는 각종 안내 글을 읽을 때면 모르는 단어나 지명이 툭툭 튀어나와 자주 나를 괴롭혔는데, 그럴 때 유용한 것은 휴대전화. 전자사전이나 여행 회화 책은 짐만 될뿐더러 남들 이목도 있어 쉽게 펼쳐보기 좀 뭣한데, 이럴 때 마치 문자 메시지를 확인하는 것처럼 유유히 폴더를 열고 전자사전 기능을 이용해 단어를 찾아보면, 왠지 모를 통쾌함이 느껴진다. 이외에도 필기도구가 없을 때 메모장 기능을 사용할 수 있고, 따로 계산기를 가져가지 않아도 환율 계산 등에 용이하기에 딱히 로밍을 하지 않더라도 휴대전화와 충전기는 챙겨 가는 게 좋다.

남아메리카 수리남에 아직까지 남아 있는 언어 타키타키는, 단어가 340여 개밖에 안 되지만 대화를 나누는 데 아무 문제가 없다고 한다. 언젠가 힘께했던 외국인 친구가 "기분이 어때?" 하고 물었을 때 "무지무지 좋아. 지금의 이 감정이 은하계 사이로 날아가 버릴까 두려울 만큼. 마치 공중에 붕 떠 있는 기분이야"라며 과한 감정을 토로하는 대신, "꼭 비누 거품 같아"라고 간결하게 얘기한 적이 있다. 순간 꿈꾸는 듯한 표정으로 "거품…… 거품이라……" 하고 조그맣게 되뇌던 그는 내게 물었다. "너, 혹시 시인이니?"

어쩌면 우리에게 필요한 것은 정확한 문법이나 최대한의 단어가 아닐지도 모른다. 그럼에도 불구하고 난, 본격적인 영어 공부가 하고 싶어졌다. 아주 작은 소망 하나를 품어보자면 여행길에 아주 나이스하면서도 영어 실력은 딱 나 정도인 남자를 하나 만나서(그래야만 의사소통이 용이하다) 의기투합하여 같이 뉴욕스러운 곳으로 어학연수를 떠나는 것이다. 그 남자의 국적은 일본 정도가 적당하겠다. 모국어의 어순이 같아서 그 어떤 국가의 사람들보다 대화하기가 편하니까. 나보다 연하면 땡큐고, 사진 같은 걸 공부하고 싶어 하는 아이면 더 좋겠다. 어릴 적에 하늘로 떠난 엄마는 나와 닮았고, 혼자가 된 아버지는 프랑스 정도에서 와인 사업 같은 걸 하면 멋지겠지? 그는 마음씨 좋은 할아버지, 할머니 밑에서 성장했으며 늘 푸근한 가족의 정을 그리워해오다 나를 만나 진정한 사랑을 느끼는 것이. 하여 울엄마, 울 할머니를 너무너무 좋아하며 한국에 대한 애정도 깊어서 영어보단 한국어 배우기에 더 열중하는 거야. 우리는 늘 영어, 한국어, 일본어를 섞어가며 대화를 하고, 브런치 식당에나 나올 법한 샐러드를 애피타이저로 하여 스시에 김치를 곁들여 식사를 하고, 배용준과 오다기리 조를 비교하며, 보아가 피처링한 엠플로의 곡을 들으면서 조촐한 파티도 즐기겠지. 연수가 끝나고서도 그곳에 남아 서로 공부를 좀 하고, 그러다 돌아와서는 한국과 일본을 오가며 살고, 서로의 가족들을 초청하고, 서로의 친구들을 공유하고……(길다!).

물론 이 모든 공상은 현실 가능성 제로에 가깝고 심지어 이 내용을 영작조차 하기 힘겹지만, 그런들 어떠랴. 어차피 꿈이 됐든 Dream이 됐든 夢이 됐든, 100% 완벽하게 번역되어 하늘까지 닿을 텐데. 이뤄지지 않는다 한들 어떠랴. 이미 내 가슴속엔 나만이 알아볼 수 있는 상형문자로 깊이 새겨져 있을 텐데.

3부_ 여행이 아닌, 생활을 꿈꾸며

하지만 말이다.

Italy

이탈리아

설렘을 **연습하다**

베네치아(Venezia)

_BGM.12

어떡하다가 턱 밑이 시큼한 느낌 어쩜 세상에 이런 일이
오 하나님 나는 정말 이래도 되나요
난 참 사랑에 빠졌네

— 김현철, 〈사랑에 빠졌네〉

니스에서 베네치아로 향하는 기차 안. 맞은편에 앉은 노부부의 모습이 평온하고도 사랑스럽다. 손자에게 줄 선물인지 색칠 연습 공책을 꺼내 이리저리 살펴보면서 도란도란 얘기를 나누고, 그러다 의견이 잘 안 맞을 땐 툭툭 상대방의 무릎을 두드리며 차근차근 설명을 하고, 그렇게 의견 일치를 하고 나면 서로 빙긋 웃으며 입을 맞추고.(물론 이탈리아어로 얘기하는지라 알아들을 순 없었지만.) 그 모습이 좋아 보여 계속 쳐다보고 있었나 보다. 내게도 말을 건다.(다행히 이번엔 영어. 할머니가 영어를 하신다.) 그런데 대화를 나누다 보니 두 분은 부부가 아니셨다. 작년 이맘때 처음 만난 연인 사이인 것이다. 할아버지는 이탈리아 출신의 철도 기관사이고, 바르셀로나가 고향인 할머니는 비엔나에서 나름대로의 직업을 갖고 살고 계신데 작년 이곳에 휴가차 오셨다가 할아버지를 만나셨단다. 와우!

그 후로 우린 영어를 못 하는 할아버지를 대신해 할머니가 통역을

맡아주시면서 끊임없이 대화를 나눴다. 두 분이 처음 만나셨을 때의 상황, 그때의 설레던 감정, 1년 동안 각자의 환경에서 떨어져 지내다 다시 만나 바캉스를 떠나는 지금의 기분까지. 열일곱의 풋사랑이나 예순셋의 연정이나 다를 바는 없었다. 그렇게 수다를 떠느라 기차가 연착이 되는지 어쩌는지 신경조차 쓰지 못했고, 결국 중간에서 열차를 갈아타야 할 밀라노 역에 도착했을 땐 내가 탈 기차는 이미 떠난 후였다. 하지만 걱정은 없었다. 이동 경로가 비

저 멀리엔 뭔가 근사한 것이 있지 않을까
오르고 또 오른다
정작 눈앞에 보이는 종탑의 아름다움을
알아차리지도 못한 채

숫한 현직 기관사인 할아버지의 도움으로 그 어떤 복잡한 절차를 거치지 않고도 1등석에 앉을 수 있었으니.

이제는 헤어져야 할 시간. 난 종착역인 베네치아 산타루치아 역까지 가야 했고, 두 분은 바로 전 역인 메스트레 역에서 또다시 다른 기차로 갈아타셔야 했다. 창문 밖에서 일동 차렷을 하고 서 계시던 할아버지와 할머니는 슬슬 기차가 움직이기 시작하자 갑자기 숨겨뒀던 새하얀 티슈를 꺼내시고는 저 멀리 한 점으로 보이는 그 순간까지 하염없이 흔들어주셨다. 물론 중간중간 마치 콩트의 한 장면처럼 눈물을 닦는 듯한 연기를 선보이는 것도 잊지 않으셨다. 은발의 머리를 흩날리며 그렇게 손수건을 흔드시고 나서, 아마도 두 분은 예의 그 흰 치아를 맘껏

드러내고 마주보며 크게 웃으셨을 것이다. 그리고 다시금 두 손을 꼭 잡으시고는 어딘가를 향하셨겠지. 세상에 태어나 처음 하는 사랑처럼 설레어하시던 그분들을 생각하니 왠지 그 기분 좋은 떨림이 나에게도 전염된 듯하다.

이런 설렘을 안고 도착한 베네치아에서 일주일을 머물렀다. 별다르게 한 일은 없다. 그저 지도도 소용없는 미로 같은 골목골목을 목적도 없이 그냥 그렇게 걷다 보면, 전날 그렇게 찾아가려고 애

쓰다가 포기했던 리알토 다리와 마주친다. 산마르코 광장이 기다린다. 탄식의 다리가 눈앞에 서 있다.

하루권 수상 버스 티켓을 끊고 물길을 따라 흘러가다가 멈춘 무라노 섬에서 유리공예를 하는 모습을 구경하다 보니 어느새 내 맘도 부풀어 오르고, 66색 크레파스 상자처럼 형형색색 파스텔 톤 집들이 나란히 서 있던 부라노 섬의 유쾌함에 돌아오는 길 내내 피식피식 웃음이 난다. 선착장 근처 노천카페에서 혼자 책을 읽고 있어도, 연인들 가득한 리도 섬 해변 그늘에 혼자 누워 졸고 있어도, 관광객 하나 없는 산 조르조 마조레 성당 꼭대기에서 바다 건너 화려한 궁전을 조망하고 있어도 전혀 외롭지 않다. 이 모든 게 사랑이다. 그렇게 기를 쓰고 찾아 헤매던 사랑이 골목 모퉁이를 돌고, 배를 타고 멈추니 나타난다. 그리고는 무형무색의 마음에 그림을 그리고 색깔을 입힌다. 혼자가 아닌 둘이란 생각에 두려울 게 없다.

얼마 만에 생겨난 설렘인가 생각하다 보니, 문득 기차에서 만났던 그분들이 떠오르며 부끄러워진다. 어쩌면 설렘이란 어느 날 갑자기 생겼다 사라지는 건 아닐 것이다. 심장 주위 어느 언저리에서 늘 나를 발견해달라고 주먹질을 해대고 있었을지 모른다. 괜한 울분과 신파에 취해 그 떨림을 알아채지 못하고 지내는 사이, 서서히 피는 식어가고 그렇게 영원히 떠나버린다면 그 얼마나 억울한 일인가. 살아 있는 한, 내 심장이 뛰고 있는 한, 언제 어디서 새삼스레 나타날지 모르는 사랑. 그 갑작스런 피의 역류에 당황하지 않기 위해서라도 우린 늘 세상 모든 것에 설레는 연습을 미리미리 해두지 않으면 안 될 것이다.

베로나(Verona)

_BGM.13

세상은 어제와 같고 시간은 흐르고 있고
나만 혼자 이렇게 달라져 있다

– 이소라, 〈바람이 분다〉

뻣뻣한 식빵 대신 계란찜에 장조림 간장 쓱쓱 비벼 아침밥 먹고
싶을 때, 손가락 하나 까딱하기 싫은데 당장 내일 입을 속옷이 없
어 꾸역꾸역 빨고 있을 때, 여행에서 만난 동생이 선물하고 떠난
터키산 팔찌를 혼자 채워보겠다고 낑낑대고 있을 때, 숙소에 돌아
와 식탁 앞에 앉아서는 오늘 뭐 하고 왔는지 재잘대고 싶은데 아
무도 없을 때…… 이럴 때 엄마가 보고 싶다.

언젠가 엄마와 엄마의 베프(!)이자 나의 대모이기도 한 혜자 이모
와 함께 뮤지컬을 보러 간 적이 있었는데, 그날 이모의 폭탄 발언
으로 놀라운 사실 하나를 알게 되었다. 바로 우리 엄마가 처녀 시
절 오페라 혹은 뮤지컬 배우를 하고 싶어서 오디션을 보고 극단까
지 들어갔었다는 것. 여고 시절부터 이런 공연을 좋아해서 안성에
서 서울까지 오가며 〈토스카〉니 뭐니 관람했단 얘긴 들었지만 이
사실은 정말, 금시초문이었다. 엄마는 계속 "어머 얘는, 그런 말
은 뭐 하러 해" 하며 부끄러워하다가도 "할머니가 반대만 안 했으

오전 9시에 발견한 1시 반을 가리키는 시곗바늘
어쩌면 환한 대낮일 수도
어쩌면 컴컴한 새벽일 수도

면 계속 했겠지. 근데 난 몸치라 힘들었을 거야"라고 수줍게 시인했다. 정말 신선한 충격이 아닐 수 없었다. 무대 위에서 열정적으로 춤추고 노래하는 엄마라…….. 상상만 해도 신기하다. 그러면서 마음 한구석이 짠해 온다. 그 시절 순수하고 열정 넘치던 당신이 엄마는 얼마나 그리울까? 순간, 시간은 되돌릴 수 없지만 그때 그 추억만은 자주자주 되새길 수 있도록 좋은 기회가 생길 때마다 꼭 엄마와 함께하리라 다짐했다. 그렇지만 지금 난 여전히 혼자 이 좋은 것을 즐기며 이곳에 있다.

베로나의 상징이자 세계 최대 규모의 오페라 축제인 '아레나 디 베로나Arena di Verona'. 세비야에서부터 별렀던 〈카르멘〉을 보기 위해 공연 날짜에 맞춰 베로나를 찾았다. 2만 명이 넘는 인원까지 수용 가능한 로마 시대의 원형극장인 아레나 극장은 어느새 붉은 카펫이 깔린 골드 좌석부터 돌계단까지 관객들로 꽉꽉 차 있다. 그리고 얼마나 기다렸을까. 왼쪽 객석에서부터 촛불이 밝혀지더니 파도타기를 하듯 불빛으로 가득하다.

왠지 모를 경건함마저 느껴지는 순간, 막이 오른다. 지붕 없는 그 곳에서 그 어떤 음향 장비의 힘도 빌리지 않은 채 오로지 사람의 목소리와 악기의 연주만으로 가슴이 울린다. 그리고 그 울림에 주책없이 울음이 터진다. 정말이지 울 타이밍이 아니었음에도 불구하고.

가끔은 이렇게 뜬금없이 눈물이 흐르는 순간이 있다. 건너 건너 친구 결혼식에서 신랑 신부가 부모님께 인사를 올릴 때, TV CF에서 빵긋하는 아기의 웃는 모습을 볼 때, 평범한 일상의 단상이 담긴 청취자 사연을 접할 때, 구부정한 자세로 설거지를 하는 엄마의 뒷모습을 볼 때. 갑자기 들이닥친 슬픈 상황도 아니고 매일 어딘가에서 평범하게 이뤄지고 있는 일상 하나가 어느 순간 감성을 울리고 눈물을 빼는 것이다.

숙소로 잡았던 수녀원의 작은 침대에 누워, 내가 떠나온 일상을 떠올려 본다. 언제나 분주한 11층 스튜디오 프린디에선 급하게 정리한 고릴라 사연들이 국수 가락 뽑히듯 나오고 있겠지. 간장 냄새 가득한 우리 집 식탁 위에는 오늘도 네가 먹어라 엄마가 먹어라 싸우느라 아무도 집지 않은 고기 한 조각이 남아 있겠지. 가끔은 지루하고 가끔은 힘이 들며 가끔은 피하고 싶던 그 일상들이 갑자기 미친 듯이 그립다. 공연 전 찾았던 베로나의 줄리엣의 집 발코니처럼 극적인 장소도 아니고, 집시 여인 카르멘의 격정적 스토리가 펼쳐지는 곳도 아니지만, 그보다 더한 웃음과 눈물과 감동이 있던 내 집과 내 일터가 너무나도 소중하게 느껴진다. 그렇다고 해서 그들이 달라진 건 하나 없을 것이다. 어제처럼 오늘도, 그리고 내일도 여전히 허덕대고 짜증을 내며 잔소리가 난무할지 모른다. 변함없는 그 일상에서 나 혼자 좋았다 나빴다 변덕스럽게 조울을 달리는 것뿐이다.

다음 날 아침, 밤새 운 덕분인지 눈이 좀 부었지만 마음은 가볍다. 숄더백 하나에 늘어놓은 짐을 챙기고 브라 광장 근처 카페에 앉아 커피를 주문한다. 늘 마시던 에스프레소 대신 오늘은 설탕 듬뿍 넣은 카푸치노. 달달한 게 참 좋다. 간밤에 날 울렸던 아레나 극장은 여전히 그대로 서 있고, 추파를 던지던 웨이터 할아버지 역시 오늘도 윙크를 날린다. 달라진 건 그저 커피 한 잔. 그럼에도 불구하고 나는 오늘, 울음 대신 웃음을 삼킨다.

S#14

길로새기

말체지네(Malcesine)

_BGM.14

다리에 힘이 빠져 그냥 주저앉아 울고 싶을 때
시간이 다 됐다고 날 재촉하지 마
아직 내게 끝나지 않은걸

– 마이앤트메리, 〈골든 글러브〉

베로나에서의 짧은 하룻밤을 마치고 다시 큰 짐을 맡겨둔 채 떠나온 베네치아로 향하는 길. 기차 시간을 알아보려 인포메이션에 들렀더니 벽에 걸린 사진 한 장이 눈길을 끈다. 바다처럼 넓고 푸른 호수. 저기가 어딜까? 혹시, 코모? 밀라노에서 가깝다고 들었는데, 여기서도 갈 수 있나? 혹시나 해서 인포 직원에게 물어보니, 코모는 아니라는 대답. 하지만 사진 속의 그곳은 그보다 더한 풍경을 지닌, 이탈리아에서 제일 큰 호수 가르다란다. 그러고 보니 열차 노선표에서 언뜻 비슷한 이름을 본 것도 같다. 몇 징거징 안 되는 거 같던데, 가는 길에 잠깐 들러볼까 하고 티켓을 끊으려 하니, 무뚝뚝한 그녀는 흘리듯 말한다.
"그보단 버스 타고 위쪽으로 올라가야 좋은데."

결국 그 일대의 지도 한 장을 구해 버스 정류장으로 향한다. 남에서 북으로 마치 권총을 거꾸로 놓아둔 듯한 모양의 호수. 그 총구 쪽을 보니 말체지네라는, 참 발음하기도 뭣한 마을이 다른 곳보다

조금 더 짙은 글씨체로 표시되어 있다. 그래, 여기다. 그렇게 무작
정 버스를 탄다. 한동안 한창 물이 오른 포도밭과 올리브 숲이 이
어지더니 어느 순간 푸른빛이 차창 가득하다. 바다라 해도 믿을
만큼 넓은 수면 위엔 요트들이 유유자적 떠 있고, 그 호숫가를 따
라 소박하고도 예쁜 펜션들이 줄지어 있다. 양팔에 튜브를 끼우고
아장아장 걷는 아이들의 표정 하나하나와 서로의 등판에 선크림
을 꼼꼼하게 발라주는 연인들의 손짓이 생생하게 보일 만큼 가까
운 거리를 사이에 두고 호수와 버스는 나란히 달린다.

그렇게 세 시간 정도를 달려 도착한 말체지네. 여기서 이제 뭘 해
야 하나…… 생각하는 사이, 같이 버스에서 내린 사람들이 모두
한 방향을 향해 걸어간다. 내비게이션보다 정확한 군중의 이동 경
로를 무작정 따라 도착한 곳은 케이블카 매표소였고 그 뒤로 실로

거대한 산이 하나 놓여 있다. 몬테발도. 2천m가 넘는 산으로, 겨울이면 많은 사람이 스키를 즐기기 위해 찾는 곳이란다. 왕복 17유로라는 조금은 비싼 요금을 내고 케이블카를 타고 오르는데 워낙 높아 그런가, 귀가 먹먹하다. 주위를 돌아보니 다들 가방에서 점퍼를 꺼내 입는다. 샬랄라 원피스에 숄더백 메고 있는 사람은 나밖에 없다. 정상에 도착하고 나니 이유를 알겠다. 자욱한 안개에 구름은 발아래로 흐르고 있고, 무엇보다 너무 추운 것이다. 괜히 왔나 싶다가 일단 따뜻한 커피 한 잔으로 몸을 녹이면서 다시 찬찬히 보니 아……! 하는 탄성이 절로 나온다. 구름이 걷히면서 나타나는 초원 위로 나선형의 흙길이 이어지고, 다시 그 길을 따라 안개가 움직이면서 마치 암흑 속에 스포트라이트를 비추듯 내려오는 눈부신 햇살. 늘 바다를 보며 느끼던 넉넉함과 광활함이 이곳에서도 펼쳐진다. 산에게도 이런 매력이 있었구나. 그동안 왜 몰랐을까.

생각해보면 지금껏 살아오면서 딴 길로 새기, 참 많이도 했다. 중학교 때 중간고사 끝나고 학교에서 재미없는 영화 단체 관람 가는 길에 친구들과 몰래 빠져나와선 유덕화 주연의 〈천장지구〉를 보며 이 나이까지 현실 가능성 없는 운명적 러브 스토리를 꿈꾸게 됐고, 대학 다닐 땐 학교 앞 내려야 할 버스 정류장에서 그저 주저앉고는 무작정 이쪽 종점에서 저쪽 종점까지 할 일 없이 왔다 갔다 하는 재미에 꽂혀 지냈던 덕분에 지금도 서울 시내는 내비게이션 없이 단박에 찾아간다. 그뿐인가. 광고 회사 다니던 시절엔 남들 야근할 때 몰래 휴게실로 빠져나와 라디오나 훔쳐 듣다가 어느 순간 욱하는 마음에 아카데미에 등록하고 이렇게 원고료를 받아 먹으며 지내오기까지 했으니, 어쩌면 지금 내 모습의 8할은 다른 길 위에서 딴짓하다 이뤄진 것일지도 모른다.

마지막 기차 시간을 놓칠까 가슴을 졸이며 서둘러 베네치아로 돌아와, 왜 이렇게 늦었느냐는 민박집 아저씨의 걱정 섞인 잔소리를 한쪽 귀로 흘려들으면서 생각한다. 오늘의 딴 길 새기는 먼 훗날 내게 어떤 길을 안내할까. 어쩌면 이미 이곳을 들렀던 누군가를 만나 각자의 추억을 공유하며 가까워질 수도 있고, 어쩌면 이곳에서 찍은 사진 한 장에 이끌려 다시 되돌아오고 싶은 계기를 만들어줄지도 모른다. 그리고 어쩌면 아무 일도 일어나지 않을지 모른다. 하지만 괜찮다. 덕분에 난 이탈리아에서 제일 큰 호수를 보았고, 산이 주는 매력을 맛보았으니까. 그리고 가장 큰 깨달음인 가끔은 길을 돌아 헤매도 괜찮다는, 어쩌면 더 나을지도 모른다는 사실을 다시 한 번 확인했으니까.

S# **15**
사랑이 다른 **사랑으로** 잊혀지네

피렌체(Firenze)

_BGM.15

사랑이 다른 사랑으로 잊혀지네
이대로 우리는 좋아 보여 후회는 없는걸
그 웃음을 믿어봐 믿으며 흘러가

– 하림, 〈사랑이 다른 사랑으로 잊혀지네〉

보내지 못한 편지, 하나

휘경 언니.

언니가 한 달 먼저 이곳 두오모에 와서

내 이름이랑 연락처랑 인상착의까지 벽에

다 적어놨으니 잘 찾아보라고 했잖아.

그런데 아무리 찾아봐도 없더라.

대신 "다음 생엔 준세이 같은 남자와

함께!"란 글이랑

그 아래 리플처럼 적힌 "겐세이는 어때?"

이것만 발견하고 한참을 웃었어.

설마 언니가 쓴 건 아니겠지?

그런데 그 글 적어놓은 사람의 마음을 십분 이해해.

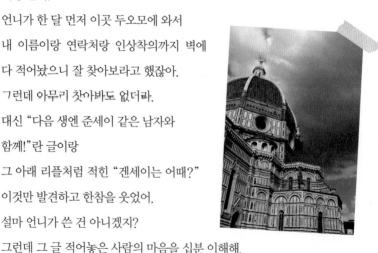

www.goremetown.com
info@goremetown.com
Seri No: 00066

나도 처음 피렌체에 도착한

순간부터 그 소설과 영화가

머릿속에서 떠나질 않았거든.

영화에서 봤던 장면이 그대로 눈앞에 펼쳐지는데

괜히 내가 아오이가 된 듯 마음이 설레고 뭔가 기대에 차더라.

덕분에 한동안 그야말로 준세이 스토커가 돼서

피렌체 시내 바닥을 헤매고 다녔어.

영화 첫 장면에 나오는 우피치 미술관에선

이곳에서 미술 복원 공부를 하는 친구의 가이드를 들으며

이곳의 사람들은 모두 과거 속에 살고 있다는 대사가 생각났고,

두 사람이 작은 연주회를 구경하다 입맞춤을 나누던

미켈란젤로 언덕 입구 공원에서는 둘이 앉았던 벤치에 앉아

내가 마지막으로 키스를 했던 게 언제더라 뜬금없이

한참을 되짚어봤어.

몇 번씩이나 영화를 되돌려 본 끝에

두오모에서 내려온 두 사람이 마주 보며 서 있던 곳이

세르비 거리 끝에 있는 광장이라는 걸 알았고,

두오모 광장에서 남쪽으로 난 작은 골목들을 돌아다니다

준세이가 자전거를 타고 공방 물품을 사던 가게를 찾아냈고,

그가 살던 집을 찾아서

미켈란젤로 언덕에서부터 피티 궁전까지

사이로 난 모든 길을 샅샅이 뒤진 끝에

결국 영화 속 그 각도 그대로 사진 찍는 데 성공하기도 했어.

그리고 이렇게 두오모까지 오르게 됐네.

400개가 넘는 계단을 오르느라

아오이처럼 청순하게 발을 내딛진 못했지만,

그 순간의 벅찬 마음은 그녀나 나나 별반 차이는 없을 것 같아.

시원한 바람이 부는 자리에 털썩 주저앉아서

엽서도 쓰고, 두고 온 사람들을 떠올리고,

다시 초코바 하나 집어 먹으면서 오래오래 책을 읽고 있는데

안절부절못하는 마음으로 기다리던 준세이와는 다르게

자꾸 설레기만 하고 웃음이 나더라고.

언니는 이곳에 올랐을 때 어떤 기분이었을까?

내가 처음 계단을 오를 때처럼

"얘넨 하필이면 이렇게 높은 데서 약속을 하고 그래!" 이러고

짜증을 냈을까?

아님 수많은 낙서를 구경하면서

그 글을 적던 사람들을 한 번쯤 상상해봤을까?

그것도 아님 "스고이~"를 외치며 오르던 일본인 관광객들과

유창한 일어로 대화를 나누며 새로운 뭔가를 얻어 갔을까?

넓지 않은 이곳 두오모 꼭대기에서

내가, 언니가, 영화 속 그들이,

그리고 이곳을 스쳐 지나간 또 다른 이들이 남기고 간 수많은 감정이
왠지 느껴지는 것 같아.
아주 먼 훗날, 내가 살아온 날들을 되돌아볼 때
이처럼 황홀한 휴식의 시간이 얼마나 더 있을까?
낙서 한 줄 같이 적을 사람이 없어도
10년 후 언젠가를 약속할 이가 없어도
지금의 내가 참 많이 행복해.

6 Fax.+30(210) · 2316130

보내지 못한 편지, 둘

엄마.

나…… 좀 아파. 아플 때도 됐지, 뭐.

과로인지 편도선이 퉁퉁 부어올랐는데

다행히 숙소 이모님이 환약 같은 걸 갖고 계셔서

그거랑 감기약이랑 엄마가 챙겨준 아로나민골드랑 한꺼번에 먹고

한숨 잤거든.

근데 약에 취했는지 더 죽겠는 거야.

그렇다고 계속 쉴 수는 없었어.

거금 58유로를 들여서 토스카나 쿠킹 클래스를 미리 예약해뒀거든.

어쩔 수 없이 꾸역꾸역 옷 껴입고 약속 장소로 갔지, 뭐.

총 인원은 열다섯 명 정도에 전부 네 개의 조.

난 캐나다에서 온 가족이랑 한조가 됐어.

네 가지 코스 요리를 같이 만들고 먹고 그러는 시간이었어.

컨디션도 안 좋고, 또 말귀 못 알아들을까 봐 걱정을 좀 했는데……

웬걸? 나 완전 잘하는 거 있지?

우리를 가르치던 셰프도 계속

"수종, 퍼펙트!(내 이름, 발음하기 어렵나 봐)"를 연발하면서

그중에 내가 제일 훌륭하다고,

언제 한번 김치 담그는 법 알려달라고 하더라고.

사실 첨엔 좀 어리바리했는데 마늘 덕분에 살아났어.

여기 음식엔 마늘이 꼭 들어가는데 같이 수업 듣던 사람들 대부분이

손질하는 법을 잘 모르더라고.

이 조그마한 걸 어떻게 잘라야 하나 다들 망설이는데

내가 착착 껍질 벗기고 타다다닥 칼집 내듯이 다지는 거 보면서

놀라는 거야.

그래서 내가 더 쉬운 방법을 알려준다고 하고는,

그…… 엄마가 잘하는 방법!

칼 손잡이로 퉁퉁퉁~ 절구 찧듯 다져 보이니깐

다들 나를 무슨 장금이 보듯이 바라보는 거 있지?

게다가 같은 조였던 가족들이 우리나라에 대한 관심이 많은 데다

딸인 캐럴라인의 제일 친한 친구가 한국인이라

얘깃거리가 끊이질 않았어.

나중에는 너무 친해져서는 다음 날 밖에서 따로 만나

맛있는 점심까지 사주셨어.

이러고 나니 아픈 것도 좀 괜찮아졌네.

그러니깐 걱정하지 마. 알았지?

만날 나만 좋은 데 가고, 맛있는 거 먹고, 즐기면서 살아 미안해.

돌아가면 내가 여기서 배운 요리 꼭 해줄게.

보고 싶다, 엄마.

사랑해.

보내지 못한 편지, 마지막

난 지금, 긴 여행 중이에요.

농담처럼 얘기했던 그 여행이 현실로 이뤄졌네요.

열심히 노력하지도, 치밀하게 계획하지도,

간절히 기도하지도 않았는데

어쩌다 보니 이렇게 됐어요.

막상 떠나고 나면 뭔가 달라질 거라 생각했는데,

아니네요.

물론 모든 것이 새롭지만,

순간순간 어제와 오늘의 연속이란 생각도 들어요.

이런 많은 생각 속에 우리를 생각해봐요.

시작부터, 확연치 않은 마지막까지.

혹시나 하고 기다렸던 시간.

전화를 걸까 말까 망설였던 시간.

다 써놓은 메일을 결국 보내지 못했던 시간.

순간순간 잊게 되는 건지,

아님 순간순간 떠오르는 건지 헷갈리던 시간.

그 시간들을 피해 떠났지만

지워지는 건 아무것도 없네요.

하지만 점점 무뎌는 집니다.

이보다 더 좋은 도시는 없을 거라 생각하며 머물다가도

다른 도시로 향할 땐 또 다른 기대와 설렘이 생겨나듯이

그렇게 우리의 시간도 조금씩 뒤로 물러나 앉겠죠.

잘 지내길 바라요.

나도 잘 지낼게요.

작은 도시가 **아름답다**

친퀘테레, 피에졸레, 코르토나, 아시시
(Cinque Terre, Fiesole, Cortona, Assisi)

_BGM.16

바람이 차갑게 불던 오후 난 그 언덕에 올라
두 어깨 활짝 펴고 달리던 난 그 언덕에 올라

- 재주소년, 〈언덕〉

복잡한 건 딱 질색이라, 이번 여행의 루트와 기간 역시 듬성듬성
동치미 무 자르듯 대충 정했다. 총 100일의 시간 가운데 지중해를
끼고 서쪽에서 동쪽을 향해 스페인 한 달, 남프랑스 2주, 이탈리
아 한 달, 그리고 그리스 한 달……. 대충 큰 틀만 잡고 떠나온 게
계획의 전부였다. 이렇게 여행을 하다 보니 집채만 한 짐을 들고
여기저기 돌아다니는 게 귀찮기도 하고 2, 3일씩 머물면서 제대
로 느껴지는 것도 없는 듯하여, 이탈리아에서는 더더욱 심플하게
한 달을 베네치아와 피렌체, 로마 세 곳으로 나누어 머물면서 한
도시에 기점을 두고 중간중간 마음에 드는 곳들을 오가기로 정
했다.

피렌체를 중심으로 한 토스카나는 이런 여행을 하기에 너무도 적
당한 곳이었다. 프랑스의 프로방스 지역과 자주 비교가 됐는데 내
게 있어 프로방스가 손대기 아까워 그냥 보고만 있던 고급 쿠키와
같았다면, 토스카나는 주머니에 넣고 다니며 막 먹고 다니기 좋은

강냉이 내지는 약과와 같았다고
나 할까? 마치 안성 시골 외갓
집에 놀러 갔을 때처럼 푸근하
고 편안한 기분이었다.

피렌체에서 기차로 두 시간 남
짓이면 도착하는 친퀘테레는,
바다를 볼 수 없었던 피렌체에
서 간만에 짭짤한 기운을 만날
수 있는 곳이었다. 다섯 개의 바
닷가 마을인 리오메기오레, 메
네롤라, 코니글리아, 베르나
차, 몬테로소 알 마레로 이루어
진 곳으로, 하이킹 코스를 따라 걸어서 모든 마을을 들를 수도 있
고 아니면 1일권 티켓을 끊어 기차로 이동할 수도 있다.

특히 리오메기오레와 메네롤라 사이의 산책로와 마지막 베르나차
에서 몬테로소 알 마레로 이르는 하이킹 코스가 아름답나고 소문
이 났는데 마지막 길은 꽤 걷기 힘들다는 얘길 듣고 미리 포기, 이
구간은 조금은 특색 있게 보트로 이동하기로 하고(별도의 요금이
든다) 첫 번째 코스만 걸어간 후 그 사이는 기차로 이동했다. 절벽
위로 다닥다닥 붙어 있는 파스텔 톤의 집들과 수많은 사랑의 약속
이 자물쇠로 채워진 채 남겨져 있던 연인들의 길, 그리고 마지막
다섯 번째 마을에 도착해 무작정 뛰어들었던 바다는 먼 길을 돌아
와 그런지 특히 시원했다.

와인 하나 사보겠다고 찾아간 키안티 지역의 이름 모를 작은 마을은 소박한 풍경과 함께 와인 한 병을 판매하면서도 장인 정신을 느끼게 해주었고, 피렌체 중심지에서 시내버스를 타고 20분이 채 걸리지 않는 피에졸레에서는 내가 그렇게 사랑해 마지않는 피렌체의 전신을 한눈에 훑어보기 좋았다. 또한 영화 〈인생은 아름다워〉의 배경인 아레초를 지나 찾았던 코르토나는 그야말로 토스카나가 어떤 곳인지 단박에 느끼게 해주는 전형적인 이탈리아 중부의 시골 마을로, 이곳을 배경으로 만들었던 다이안 레인 주연의 영화 〈투스카니의 태양〉을 다시 찾아보게 만들기도 했다.

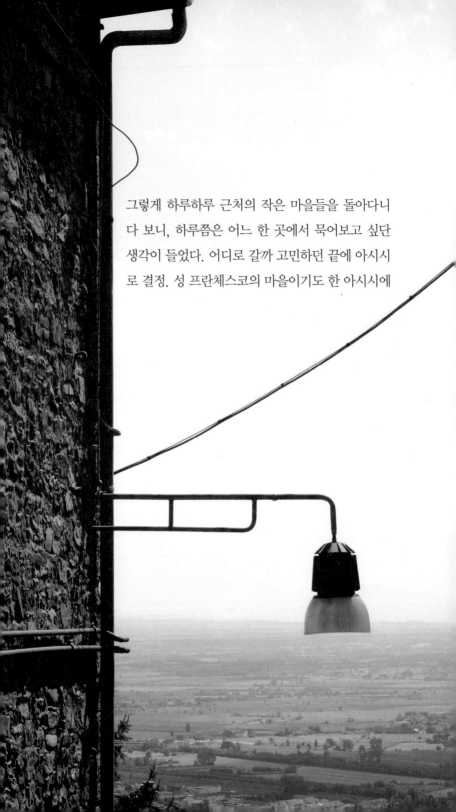

그렇게 하루하루 근처의 작은 마을들을 돌아다니
다 보니, 하루쯤은 어느 한 곳에서 묵어보고 싶단
생각이 들었다. 어디로 갈까 고민하던 끝에 아시시
로 결정. 성 프란체스코의 마을이기도 한 아시시에

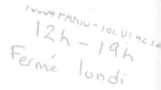

도착한 날은 마침 '성모승천대축일'로 인해 사람들이 많았다. 게다가 바람이 너무 불었다. 제일 근사한 성당에서 축일 기념 미사를 봐야겠단 생각을 하다 으슬으슬 몸이 춥고 목이 부어오르면서 마음을 접고, 숙소인 수녀원에 그냥 머물기로 했다.

수녀님들이 차려주신 닭 국물 수프가 일품이던 저녁을 맛있게 먹고 따뜻한 물로 샤워를 한 후 아무도 없는 도미토리 룸에 들어와 누웠다. 이곳에서 만난 한국인 은지는 아직 돌아오지 않은 상태. 그대로 누워 책을 좀 읽는데 참 별거 아닌 구절 하나에 눈물이 흐르기 시작했다. 그러다 귀에 꽂아둔 이어폰에서 나오는 노래 하나에 또다시 눈물이 흘렀고 뒤를 이어 떠오른 누군가의 얼굴 하나에 다시 한 번 눈물이 흘렀다. 지난번 베로나의 수녀원에서도 그러더니 이렇게 시작된 눈물의 연쇄반응은 그치질 않고 결국 적막한 수녀원의 빈 도미토리 룸을 거의 통곡에 가까운 소리로 가득 채우게 만들었다.

그때, 또 다른 소리 하나가 들려왔다. 똑. 똑. 똑. 조심스런 노크 소리. 잠시 후 한 이탈리아 수녀님이 들어오셨다. 실은 아직까지 들어오지 않은 은지가 궁금해 찾아오신 거였는데 바로 그 꼴을 하고 있는 나를 보고 흠칫 놀라시는 눈치였다. 그리고 시작된 우리의 대화. 수녀님은 오로지 이탈리아어로만, 난 짧은 영어와 몇 개의 이탈리아 단어로 그렇게 얘길 하다 어느 순간 수녀님께서 손짓으로 내게 말하셨다. "네 눈물이 다 날아갔구나." 그러곤 땀에 젖어 조금은 축축한, 꼭 우리 할머니를 닮은 주글주글한 손으로 메마른 내 손을 꼭 쥐어주셨다. 날아갔던 눈물이 다시 한 번 날아왔다. 하지만 이번 눈물은 이전에 흘렸던 눈물과는 그 짠 기운이 사뭇 달랐다.

다음 날 새벽, 수녀원에서 함께 미사를 드린 후 그곳에 머무시는 한국인 수녀님께 인사를 드리며, 어제와 베로나 수녀원에서의 경험을 얘기하면서 왠지 성령을 받은 기분이라고, 혹시 한국어로 된 성경책을 구할 곳이 없겠느냐고 물었다. 그랬더니 수녀님의 말씀. "벽에 적힌 낙서 한 줄, 길가에 핀 꽃 하나가 모두 하느님이 전해주시는 말씀이랍니다."

나는 결코 혼자 여행을 떠나온 것이 아니었다. 시작부터 끝까지 늘 그분과 함께였다. 뜨거운 태양을 피해 들어간 작은 성당에서 기도를 하는 순간 불어오던 시원한 바람 한 줄기가 바로 그분이었다. 시간에 임박하여 절대 제시간에 올라타기 힘든 상황에서 때맞춰 연착해서 늦게 들어오던 열차 안에 그분이 계셨다. 이 아름다운 풍경을 내게 선물한 것도, 이 소중한 시간을 내게 허락한 것도 모두 그분이었다.

언젠가 그분에게로 돌아갈 시간이 얼마 남지 않았다는 사실을 미리 알게 되는 순간이 오면, 나는 마지막으로 이곳에 다시 한 번 와보고 싶다. 그럼 조금 더 편안해질 수 있을 듯하다. 지나간 내 시간에 관대해지고, 아무런 미련 없이 그렇게 돌아설 수 있을 듯하다. 혹시 그때가 되어 지금의 이 마음을 잊은 채 내가 힘들어하고 있다면, 이 글을 읽은 누군가 나를 위해 이 사실을 귀띔해주길. 그리고 시간이 괜찮다면 함께 와주길.

제가 위로받으려 애쓰기보다는 위로할 수 있도록 사랑받으려 애쓰기보다는
사랑할 수 있도록 도와주소서 우리는 줌으로써 받고 용서함으로써 용서받으며
죽음으로써 영생을 얻기 때문입니다

– 성 프란체스코 〈평화의 기도〉 중에서

S# **17**

나이 듦에 **대하여**

로마(Roma)

로마에 도착하니 왠지 마음이 바빠지기 시작했다. 시저와 바티칸으로 점철된 역사를 죄다 습득하고 싶은 난데없는 향학열에 불타오르고, 〈로마의 휴일〉에 나오는 모든 동선을 파악하고 싶다. 그렇게 공부하는 마음으로 각종 투어를 신청하고는 성실하게 열심히 쫓아다닌다. 필기도구는 필수, 중요한 부분은 메모를 하고 해석이 안 되는 글들은 카메라에 담아 숙소로 돌아와서 해석을 해가며 그렇게 파고든다. 그뿐인가. 민박집 주인 아저씨와 숙소의 아이들은 어쩜 그렇게 죽이 척척 맞는지, 매일 밤 수다를 떨며 힘께 어울리느라 쉽게 잠이 들지 않는다. 그러다 보니 어느 순간 체력의 한계가 느껴진다. 팔다리는 무겁고 속은 메슥메슥하다. 에너지 고갈 상태. 아, 나도 늙었나 보다.

때맞춰 보일러가 고장 나 뜨거운 물이 안 나오는 관계로 결국 짐을 맡기고 사나흘 나폴리 쪽으로 가서 좀 쉬다 돌아왔다. 그리고 그 후로는 설렁설렁 마을 나가는 노인네처럼 뒷짐 지고 로마의 거

184

리를 천천히 누볐다. 전 세계의 가이드란 가이드는 모두 모여 있는 듯한 로마에서 무선 헤드폰 목에 걸고 다니는 사람 하나 만나지 못하는 대낮의 트라스테베레와 베네토 거리, 해 질 무렵 그냥 앉아만 있어도 노을에 취해 몽롱해지는 아반티노 언덕, 밤이 되면 더욱 근사한 테베레 강 위의 티베리나 섬, 그리고 수많은 유적지로 표시된 지도를 펼쳐놓고 그리 크지 않게 표시된 길들을 따라 느리게 산책하는 기분이 꽤 괜찮았다. 심지어 어떤 날은 하루 종일 숙소 밖으로는 한 발짝도 나가지 않고 이른바 민박 주인 놀이도 했다. 날 너무 믿어주시는 주인 아저씨는 내게 열쇠를 맡기고 간만에 휴가를 즐기러 나가셨고, 난 하루 종일 노트북을 배 위에 올려놓은 채로 한국에서 방영됐다는 드라마 〈달콤한 나의 도시〉를 다운 받아 보다가, 배고프면 라면도 하나 끓여 먹었다가, 지루하면 커피도 일 잔 했다가…… 그렇게 침대와 일심동체가 되어 먹고 자고 놀기를 반복했다. 그러다 관광하러 나갔던 숙소의 아이들이 슬슬 돌아올 때면 몸을 일으켜 밥을 하고 고기를 구워 같이 먹는 것이다. 이건 거의 서울에서의 울 엄마나 할머니의 일상과 진배없었다.

그러던 어느 날, 방학을 맞아 여행을 온 현직 교사인 친구 하나와 나보나 광장 근처 찻집에 들러 이런저런 수다를 떨고 있었다. 온종일 빈둥댔던 나와는 달리 낮엔 여길 갔다 오고 저길 들렀다가 이런 걸 하고 저런 걸 먹었다는 마치 무용담 같은 그 친구의 얘기를 들으면서 나도 모르게 던진 질문.
"자기, 몇 살이지?"

"네? 저, 스물일곱이요."

"좋겠다. 나도 스물일곱만 되면 날고 길 텐데."

"아니에요. 저도 늙었어요. 내가 참 대학생만 됐어도……."

갑자기 나름대로 험난했던 2003년 늦가을의 어느 날이 생각났다. "누구야. 누가 스물일곱이 어리지도 늙지도 않은 매력적인 나이래? 스물일곱은, 꿈을 접기엔 어리고 새 꿈을 펼치기엔 늙은, 진짜 어중간한 나이라고!"라며 스물일곱의 홍양은 투덜댔었다. 그리고 지금, 서른둘의 홍양은 투덜댄다. "아, 내가 정말 20대만 됐어도 이러진 않는다고!"

누구나 똑같은 시간을 사이에 두고 나이를 먹는다. 돈이 많다고 내일이 천천히 오는 것도 아니고, 실패한 인생이라고 1년이 30일 만에 흘러가는 것도 아니다. 하지만 이런 숫자와 숫자 사이의 보이지 않는 갭을 늘였다 줄였다 조정하는 건 바로 나 자신이다. 나이 든 걸로 치자면 88세 울 할머니 정 여사도 무릎을 꿇고 큰절을 올릴 이 도시 로마에서도 천 년이 넘는 시간을 버틴 벽돌 사이로 새로운 이끼가 피어나고 있는 것을. 고작 몇 년 혹은 몇십 년을 사

이에 두고 송장처럼 맥을 탁 놓는다
는 건 시간에 대한 예의가 아니다.

어느새 가로수에서 하나둘씩 나뭇잎
들이 떨어진다. 후드득, 한꺼번에 내
려올 때면 어김없이 선선한 바람이
강도 '2' 정도의 선풍기 바람처럼
불어오고, 그럼 또 어김없이 선글라
스로 곱게 올려둔 앞머리가 스리슬
쩍 내려와 살랑살랑 이마를 간질인
다. 가을이 오고 있나 보다. 이렇게
계절은 흐르고 나는 또 서른셋이 되
겠지. 그래도 괜찮다. 아직 마흔은
아니잖아. 또 마흔이면 어때. 아직
오십은 멀었는데.

내겐 조금 두려운 아름다움

포지타노, 카프리, 나폴리, 소렌토
(Positano, Capri, Napoli, Sorrento)

_BGM.18

휘날리는 깃발처럼 기쁜 날에는 떠나가는 기차처럼 서글픈 날에는
난 거기엘 가지 파란 하늘이 열린 곳
태양이 기우는 저 언덕 너머로

— 어떤날, 〈그런 날에는〉

"거기 위험해. 여자 혼자는 무리야."
"숙소도 없대요. 우리도 포기하고 그냥 하루 투어로 다녀왔는
데……."
만나는 사람마다 잔뜩 겁을 줬던 곳. 지저분하고 위험하며 봉변당
하고 돌아온 이들의 찜찜한 경험담만이 난무하는 그곳, 나폴리.
하지만 센 척하고 길을 나선다.
"괜찮아. 난 얼굴이 흉기잖아."

그러나 이런 자신감은 나폴리행 기차에 오르자마자 확 꺾이고 만
다. 앞자리에 마주 앉은 거대한 흑인 청년은 황금 팔찌를 빙글빙
글 돌리며 나를 예의 주시하면서 아래위로 훑어보고, 뒤편에 앉은
한 무리의 중국인은 삼합회 회원 같은 풍모를 풍기며 누구 하나
걸리기만 해보라는 분위기로 날카로운 눈빛을 쏘아댄다. 기차에
서 내린 후에도 자꾸 그들이 내 뒤를 따라오는 듯한 기분이 들어
뒤를 돌아보면 어김없이 팔자걸음을 하고 그 자리에 있어 겁이 덜

컥 난다. 결국 호텔을 찾으려던 계획을 수정하고 미리 연락처를 구해 온 한인 민박에 전화를 걸어 픽업을 요청한다. 가면 누군가 있겠지. 동행을 구할 수도 있겠지. 역시나, 긴 시간 여행 중인 부산 출신 친구 둘과 미술을 전공한다는 대학생 한 명을 만나 다음 날 같이 포지타노에 가기로 한다. 그리고 나는 그곳에서 돌아오지 않고 하룻밤 묵기로 한다.

에어컨 하나 없는 사철 기차를 타고 소렌토를 들러 찾아간 포지타노. 친퀘테레 마을이 연상되는 작고 예쁜 집들이 절벽 위에 총총 총 꽃이 핀 듯 걸려 있다. 역시나 명성만큼 예쁘고 사람들 역시 친절하다. 파라솔 하나를 잡고 우선 드러누워서 잠이 든다. 어젯밤 숙소 건너편에서 들려오던 싸우는 듯한 소음과 오토바이 소리에 잠을 설친 탓에 오늘의 낮잠이 더더욱 달다. 그렇게 잠을 자다 다

시 바다에 들어간다. 파라솔에 둔 짐들은 그리 걱정되지 않는다. 여긴 나폴리와 다른 안전한 포지타노이기에. 한참을 놀다가 다시 돌아오니 이번엔 배가 고프다. 함께 갔던 아이들과 식당에 들러 푸짐하게 먹는다. 심지어 가격도 착하다. 역시 포지타노다.

그렇게 늘어져라 놀다 보니 어느새 해는 져가고, 이럴 때가 아니란 생각이 든다. 숙소를 구해야 한다. 그런데 이런……방이 없다. 정확히 말하면 조건에 맞는 방이 없다. 하필이면 주말이라 현지 사람들도 많이 찾아온 바람에 괜찮은 곳은 모두 찼고, 남아 있는 방은 금액이 1주일치 민박비에 달한다. 지나가는 사람들을 붙잡고 호스텔 위치를 물어보지만 모두들 너무 멀다는 얘기만 할 뿐, 도움이 안 된다. 이렇게 시간만 허비하다간 이도 저도 안 되겠단 생각에 그냥 나폴리로 돌아가기로 하고 다시 바다로 향한다.

젖은 수건 짜내듯 그렇게 마지막 순간까지 재미나게 놀다 소렌토 기차역까지 갈 버스를 타러 정류장에 갔더니 여럿의 사람들이 웅성웅성하며 서 있다. 몇 대의 버스가 지나가고도 남을 시간 동안 기다렸지만 아직까지 한 대도 오지 않고 있단다. 안 그래도 막차 시간에 간당간당하게 도착해서 불안한 상황인데, 이게 무슨 일인가. 도로 공사를 한다고 아말피로 가는 버스 운행이 안 돼 포기했던 오전의 일이 생각나 혹시 그 여파로 버스가 움직이지 못하는 건 아닐까 하는 불길한 느낌이 든다. 어느새 사람들은 조금씩 더 불어나 버스 한 대를 가득 채울 만큼의 인원이 기다리던 끝에 드디어 버스가 들어온다. 이 버스를 타고 소렌토에 내려 나폴리로 가는 마지막 기차를 타려면 적어도 칼 루이스 내지는 장재근 아저씨가 되어야 할 판이다.

겨우겨우 마지막 사철 기차에 올라 나폴리에 도착하니 어느새 자정을 훌쩍 넘긴 늦은 밤. 기차역에서 숙소까지 걸어가는데 이건 무슨 할리우드 갱 영화의 한 장면만큼이나 불안불안하다. 뭉치면 살고 흩어지면 죽는 법! 우리 넷은 마치 바리케이드를 친 듯 서로의 팔짱을 끼고 괜한 노래를 흥얼거리면서 궁둥이에 로켓을 단 듯 경보 선수처럼 빠른 속도로 그렇게 숙소로 돌아왔다.

다음 날, 이번에는 혼자 움직인다. 푸른 동굴이 신비로운 카프리 섬으로. 아침 일찍부터 선착장에 나가 티켓을 끊고 떠난다. 그러나 오늘은 푸른 동굴로 가는 보트가 운행을 안 한다는 실망스러운 소식을 접하고 좌절한다. 하지만 그래

도 카프린데 동굴 말고도 뭔가가 있겠지 하는 마음으로 섬의 서쪽
에 위치한 아나카프리로 가는 버스를 탄다. 카프리의 전경을 가장
아름답게 볼 수 있다는 몬테솔로 정상까지 리프트가 운행한다는
정보를 입수한 터다. 시골 초등학교 걸상을 빨랫줄에 매달아 끌어
올리는 듯한 모양새의 허접스러운 1인용 리프트를 타고 올라가는
길. 아래를 보니 누군가 흘린 듯한 신발 한 짝이 버려져 있다. 타
기 전에 슬리퍼를 벗어 가방에 넣어두길 참 잘했다.

그렇게 오르는 길은 허술했지만, 위의 상황은 감동 그 자체였다.
사방 어디를 뷰파인더에 담아도 그대로 기념엽서가 완성되고, 절
벽 위의 노천카페 의자에 깊숙이 앉아 있으니 내 시선이 멈추는
곳엔 하늘만 보여 마치 그 위에 둥둥 떠 있는 것만 같다. 한참을
그렇게 있다 내려와 먹은 정통 해산물 요리와 톡 쏘는 리몬첼로는
최고의 만찬이었다. 작지만 예뻤던 마리나피콜라 해변의 운치는

두말하면 입 아플 정도다.

다시 나폴리로 돌아오는 갑판 위, 맞은편의 이탈리안 꼬마와 끊임없이 장난을 치다 보니 어느새 세계 3대 미항 중의 하나라는 나폴리 항구가 한눈에 들어온다. 이래서 아름답다고 하는구나. 괜히 다른 사람들 말만 듣고 주저주저하다 안 왔으면 억울해서 어쩔 뻔했을까. 알고 보면 겁만 잔뜩 먹었지 나폴리에서 별다른 일 하나 생기지 않았는데. 어쩌면 도착한 날 기차에서 마주쳤던 그들은 그저 나와 동선이 같을 뿐 제 갈 길 가는 선량한 주민이었을지 모르고, 밤새 나를 괴롭힌 끊이지 않던 고성은 내가 못 알아들었을 뿐이지 싸움이 아닌 파이팅의 소리였을지도 모른다. 그렇게 생각하니 점점 가까워지는 나폴리가 더없이 근사해 보이고, 숙소에 들렀다가 밤이 되면 저 위로 보이는 산엘모 성에서 야경을 봐야겠다는 야심 찬 계획까지 세우게 된다.

하지만 돌아오는 길 만원 버스. 옆 사람이 내게 조용히 눈짓을 한다. 혹시나 하고 뒤로 메고 있던 노트북 배낭을 앞으로 돌려 보니, 앞주머니의 지퍼는 열려 있고 자물쇠 부분엔 날카로운 뭔가로 긁어댄 듯한 자국이 남아 있다. 순간 에코 효과를 넣은 듯 머릿속을 울리는 소리. "나폴리…… 내가 거기서 강도를 만났는데 칼을……." 서둘러 숙소로 돌아오니 어제 함께했던 사람들은 모두 떠나고 휑하다. 지금쯤 로마의 숙소는 사람들로 북적북적할 텐데. 조금 전까지 마음에 품었던 나폴리는 온데간데없이, 정이 확 떨어진다.

결국 나폴리에선 그 유명한 고고학 박물관 한 번 가보지 못하고, 그저 하숙집처럼 밖에서 들어와 잠만 자고 다시 떠난 기억밖에 없다. 여행 오기 전 그렇게 많이 봤던 나폴리 항의 멋진 야경 사진과 같은 풍경은 한 번 즐기질 못했다. 지나고 보니 아쉬움이 가득하다. 하지만 그래서 다행이다. 언젠가 이곳 나폴리를 다시 찾아 제대로 그 참맛을 느껴봐야 한다는 핑곗거리가 생겼으니까.

별것 아닌 일에 움츠러들고, 용기가 없어 아무것도 할 수 없는 순간이 오면 이곳을 떠올리겠다. 잠깐의 겁에 질려 빛나는 보석을 찾지 못하고 아쉬움만 가득 안은 채 뒤돌아서야 했던 그때를. 그리고 그것에 힘입어 그 순간을 뛰어넘는다면, 나를 위한 포상으로 이곳을 다시 찾겠다. 조금은 담대해진 마음으로 겁내지 않고 편안하게. 작은 바람을 또 하나 덧붙인다면, 혹시라도 다시 오는 그날…… 혼자가 아닌 둘이라면 더더욱 감사할 일이겠다.

CM3: 달리거나 혹은 날아가거나

내가 제일 좋아하는 여행서에는, 인도 델리에서 영국 런던까지 2만 km가 넘는 길을 무조건 버스만 이용해서 가는 여정이 담겨 있다. 영화 〈비포 선라이즈〉에서는 기차 여행이 주는 달콤한 로맨스에 마음을 빼앗긴다. 그럼에도 불구하고 〈러브 어페어〉를 보면서 내가 타는 비행기가 타히티 같은 외딴섬에 불시착하진 않을까 조심스레 기대해보기도 한다.

버스가 됐든, 기차가 됐든, 혹은 비행기나 배가 됐든 모로 가도 서울로만 가면 그뿐이겠지만 그래도 어떤 교통수단을 이용해 움직이느냐에 따라 떠날 때의 설렘이, 가는 길의 즐거움이, 도착한 곳의 첫 느낌이 사뭇 달라지는 법. 나라와 나라를 이동할 때 사용했던 교통수단들을 통해 각각의 장단점을 알린다.

> **버스 : 스페인 바르셀로나 → 프랑스 님**
> **그리스 아테네 → 터키 이스탄불**

워낙에 많은 수의 국가를 도는 여행도 아니었고, 학생 할인을 받을 수도 없었기에 애초에 유레일패스는 끊지 않고 출발했다. 게다가 스페인에서는 기차보다는 버스가 노선도 다양하고 가격도 저렴해 도시별 이동을 할 땐 대부분 버스를 이용했다. 프랑스까지 가는 길도 마찬가지. 스페인의 경우 다른 유럽과는 철로가 달라 국경 지역에서 기차를 한 번 갈아타야 한다는 말을 듣고는 그게 귀찮아 그냥 버스를 예약했다. 바르셀로나에서 다른 유럽 국가로 떠나는 유로 버스는 산츠 역과 북역에서 출발하는데, 나의 경우엔 성수기였음에도 불구하고 출발하기 전날에도 쉽게 표를 구할 수 있었다.

*스페인 최대의 버스 회사 ALSA 홈페이지 주소 : www.alsa.es

아테네에서 이스탄불로 갈 때는 처음엔 저가 항공을 알아보다가 유럽 내에선 저렴하던 요금이 터키를 거치게 되면 터무니없이 올라가기에 스무 시간에 달하는 이동 시간을 감수하고 버스를 이용했다. 아테네 라리사 역 근처 버스 터미널에서 역시 출발 전날 여유 있게 표를 구했는데, 저녁 7시에 출발한 버스는 다음 날 오후 3시경이 돼서야 이스탄불에 도착했다. 그렇다고 스무 시간 내내 달린 것은 아니고 중간 국경 지역에서 입국 수속을 한다고 약 한 시간 가량을 소비하고 (터키가 EU의 회원국이 아닌 탓에 유럽 다른 나라를 이동할 때보다 조금 복잡하다), 식사 시간을 포함해서 중간중간 휴게소에 자주 들렀다. 터키의 버스는 시설 면에서도 여행 중 최고였고 따로 서비스를 담당하는 청년이 있어 비행기처럼 물이나 음료, 간단한 간식 등을 제공한다. 기본 열 시간은 족히 걸리는 터키 내 도시 간 이동 시에도 대부분 버스를 이용하는데, 홈페이지 예약보다는 터미널 부근에 있는 버스 회사 사무실을 찾아가거나 근처 여행사를 이용하는 것이 일반적이다.

승차감도 떨어지고, 나처럼 멀미 기운이 있는 사람이 집중해서 책 한 권을 읽기에는 조금은 불편한 버스지만, 그래도 버스 여행은 언제나 설렌다. 구석구석 돌아가는 완행버스를 탔을 땐 미처 다 둘러보지 못하는 작은 마을들을 스치면서라도 구경할 수 있고, 내리는 곳이 어딘지 몰라 불안할 땐 운전석 바로 뒤에 앉아 기사 분에게 이것저것 물어보며 확인을 받을 수도 있고, 또 출발지와 도착지가 일정한 직행버스의 경우엔 중간에 내렸다 타는 사람이 없기에 짐 걱정이 조금은 줄어든다. 덕분에 이번 여행에서 가장 자주 이용한 교통수단의 영광은 바로 이 버스에게 내주게 되었다.

기차 : 프랑스 니스 → 이탈리아 베네치아

야간열차 쿠셋에서의 하룻밤은 배낭여행, 하면 자동으로 연상되는 로망이다. 또한 자물쇠를 채우고 복대를 하고 잤음에도 불구하고 일어나 보니 소매치기에게 당해 모두 털리고 말았다는 괴담 역시 무수히 많다. 니스에서 베네치아로 넘어갈 때 이런 로망과 두려움을 한번 맛볼 수 있을까 했는데, 아쉽게도 야간열차가 없었다.(시간을 잘 맞추면 가능했지만 기차를 네 번이나 갈아타야 하고, 중간 한 역에선 네 시간을 기다려야 했다. 그것도 새벽 2, 3시경에.) 어쩔 수 없이 주간 열차를 이용했는데, 마주 보고 앉은 좌석에서 좋은 파트너들을 만나 이탈리아의 첫인상이 더욱 좋게 느껴지기도 했다.

막힐 일이 없어 출발 시간과 도착 시간이 꽤 정확하고(단, 이탈리아의 철도 상황은 그리 좋지만은 않다. 하지만 더한 고생을 했다는 경험담들에 비해 나의 경우는 크게 문제가 된 적은 없었다), 홈페이지를 통해 요금이나 시간, 경로 등을 더욱 확실하게 확인할 수 있고, 버스보다 괜찮은 승차감에, 노선에 따라 다르지만 대부분 시간을 단축할 수 있다는 것, 그리고 좋은 사람들을 만날 수 있는 기회가 좀 더 많다는 것이 기차 여행의 장점이다. 그러나 반대의 경우도 생길 수 있다는 점은 감안하시길. 하긴 비슷한 상황은 어디에서든 나타나기 마련이지만.

* 스페인 기차 예매 사이트 : www.renfe.es
* 프랑스 기차 예매 사이트 : www.voyages-sncf.com
* 이탈리아 기차 예매 사이트 : www.trenitalia.it

> **저가 항공 : 프랑스 파리 → 스페인 마드리드**
> **이탈리아 로마 → 그리스 아테네**

유럽은 저가 항공 시스템이 잘되어 있어서 잘만 고르면 버스나 기차
보다 훨씬 더 저렴한 가격으로 빠르게 이동할 수가 있다. 파리에서
마드리드로 가는 티켓은 출발하기 한 달 전쯤 미리 예약을 했는데,
30유로를 조금 넘는 가격으로 서울에서 부산 가는 KTX 금액 정도밖
에 들지 않았다.

하지만 로마에서 아테네로 갈 때는 계획을 세우지 않고 다녔던 터라
미리 구입할 수는 없었는데, 그럼에도 불구하고 운 좋게도 80유로
정도 선에서 티켓을 구할 수 있었다. 비싸다 느껴질지 모르지만 우선
그리스나 터키로 넘어가는 경우엔 금액이 올라가고, 어차피 로마에
서 그리스로 넘어갈 경우 나폴리를 거쳐 바리까지 기차를 타고 이동
해서 다시 야간 페리를 이용해 아테네 근처 항으로 가서 또다시 기차
혹은 버스로 아테네 시내에 들어가야 하는데, 복잡하기도 하거니와
유레일패스가 없는 경우엔 이 비용이 훨씬 더 많이 들기에 비행기를

이용하는 것이 좋다.

이외에도 스페인 그라나다에서 바르셀로나로 이동할 때와, 여행 마지막 아테네에서 아웃 도시였던 밀라노까지 갈 때도 저가 항공을 이용했다. 유럽을 운항하는 저가 항공사는 여럿 있는데, 회사마다 혹은 출발 날짜나 시간에 따라 제각각 금액이 다르니 최대한 비교해보고 구입하길 바란다.

* 이지젯 **www.easyjet.com**
  부엘링 **www.vueling.com**
  라이언에어 **www.ryanair.com(유럽 전역)**
* 클릭에어 **www.clickair.com(스페인 중심)**
* 에게안에어 **www.aegeanair.com**
  올림픽항공 **www.olympicairlines.com(그리스 중심)**

4부 _ 조금은 새로운 내가 되길

Greece, Turkey

그리스, 터키

지금, 있는 그대로

아테네(Athens)

_BGM.19

바람, 어디에서 부는지
덧문을 아무리 닫아보아도 흐려진 눈앞이 시리도록 날리는 기억들
— 김연우, 〈바람, 어디에서 부는지〉

뭔가가 다르다. 우선 바람이 다르다. 어제와 다름없는 오늘임에도 불구하고 조금 더 선선하고 조금 더 여유가 있다. 그리고 이번엔 다른 걸 넘어 도통 모르겠다. 수학 시간에나 보았던 그리스 알파 벳들의 나열을 보며 이걸 어떻게 읽어야 하나 한참을 고민한다.

설레기도 하지만 또 한편 조금은 불편할 수 있는 낯섦. 그 미묘한 거리 차를 좁히기 위해서는 동네 산책이 그만이다. 잔돈 몇 푼 주머니에 찔러 넣고 조그만 카메라 하나 목에다 걸고는 설렁설렁 걷다가 뭔가 특이한 물건을 파는 가게가 있으면 무작정 들어가 천천히 구경을 하고, 좋은 풍경이 나타나면 사진에 담고, 그러다 다리가 아프면 카페에 앉아 커피 한 잔을 마시고……. 특히 이 도시에서 내가 가볼 만한 곳이 어디인지 감이 잡히지 않을 땐 작은 기념품 가게에 진열된 엽서들을 구경하면 좋다. 30초짜리 예고편의 카피 한 줄과 장면 하나에 이끌려 영화를 고르듯, 이 도시에 숨겨져 있는 이야기들을 함축시켜놓은 사진들을 보다 보면, 대충 이곳

에서 내 발길이 머물 동선이 그려진다.

그리스의 엽서들은 다른 유럽의 유명한 관광지에 비해 재질이나
디자인 면에서 조금 떨어지는 면이 없지 않지만, 그 안에 담겨 있
는 풍경만큼은 단연 최고다. 아테네 아크로폴리스의 장엄한 풀숏,
CF의 한 장면 같은 미코노스나 산토리니와 같은 주변 섬들의 눈
부신 푸름, 새하얀 담벼락 사이 몸을 낮춘 앙증맞은 고양이 컷까

지. 이런 엽서들을 통해 불편한 두려움은 지우고 그 빈 공간을 또 다른 기대로 채우며 골목 구석구석을 헤매고 다닌다. 독특한 가게 들과 분위기 좋은 노천카페들이 즐비한 플라카 지구의 거리를 그 렇게 걷다 보니 어느새 아크로폴리스가 나타난다. 폐장 시간이 가 까워 오늘은 근처만 돌아보기로 하고 한 바퀴 빙 크게 걷고 나니

벌써 해 질 무렵. 마침 작은 언 덕이 하나 있기에 올라봤다. 오 른편으론 파르테논 신전이, 정 면으론 고대 아고라가 마치 엽 서 속 한 장면처럼 펼쳐지고 있 지만 내 눈에는 그런 유적을 사 이에 두고 다닥다닥 붙어 있는, 마치 시야를 가리는 빌딩 하나 보이지 않는 북악스카이웨이 팔 각정의 뷰와 같은 아테네 시내

의 모습이 더욱 친근하다. 그리고 그 길에 둥지를 틀고 살아가는 이들의 작은 만남이나 이야기, 노닥거림이 더욱 궁금해진다.

그렇게 해가 지고 어둠이 밀려오고도 한참을 그곳에 머물다가 숙 소로 돌아왔다. 슬슬 따뜻한 국물이 그리워지는 탓에 로마에서 얼 어 온 라면 하나를 끓여 먹으며 로비에 있던 그리스 관련 책들을 뒤적이는데, 그저 동네 뒷산인 줄만 알고 올랐던 그곳이 알고 보 니 직접민주주의의 발상지이자 그리스인들을 상대로 사도바울이 하느님의 말씀을 전파했던 그 유명한 아레오파고스 언덕이란다.

갓 따낸 토마토 같은 설렘
진한 페타치즈 향 같은 울렁임
톡 쏘는 발사믹 같은 짜릿함

만약 이 사실을 미리 알고 그곳에 올랐다면 밋밋하지만 소박한 아테네 시가지의 풍경과, 삼삼오오 짝을 지어 맥주를 마시고 대화를 나누고 기타를 치며 즐기던 이곳 사람들의 저녁 한때의 일상에 그렇게 오래 시선이 머물 수 있었을까?

여행이 길어질수록 어느 한 도시의 과거보다는 지금의 시간을 좇는 데 관심이 많아진다. 해서 콜로세움의 로마보다 트라스테베레

근처의 로마가 더욱 맘에 들었고, 아크로폴리스의 아테네보다 플라카 지구 작은 골목의 아테네가 더욱 사랑스러웠다. 아크로폴리스 사이로 물드는 노을을 바라보며, 고대 아고라 사이로 불어오는 바람을 맞으며, 그저 맨들거리는 대리석 바위만이 오랜 시간을 짐작하게 할 수 있었던 그곳을 아무런 사전 지식도 없이 우연히 찾은 덕분에 지금 현재, 있는 그대로의 아레오파고스를 충분히 느낄 수 있었다. 이런 현재 진행형의 시간에 감복을 하면서 드는 생각

하나. 어제와 오늘, 그리고 내일을 살아가면서 늘 현재에 발붙이지 못하고 미련맞은 과거와 그저 공상에 불과한 미래에 집중했던 나의 이 고질병이, 혹시 이번 여행을 통해 조금은 치유가 되고 있는 건 아닐까?

처음 여행을 시작하면서는 우선 떠나기만 하면 뭔가 달라질 거라 생각했다. 지금까지의 나와는 전혀 딴판인 새로운 나로 다시 태어날 줄 알았다. 하지만 그것은 크나큰 오산이었다. 일상 속에서 애써 외면하던, 내가 정말 싫어하던 나의 모습들이 오히려 이곳에서 더더욱 크게, 선명하게 부각되는 것이다. 누군가에게 보여지는 내 모습에 연연하고, 잘난 척, 아는 척, 있는 척 역시 여전히 하고 있고, 겉으론 웃지만 안으론 흘겨보고, 싫다는 얘기 딱 부러지게 못하면서 혼자 답답해하고……. 그중에 제일 마음에 들지 않는 건 바로 현재를 즐기지 못하고 지내는 것이다. 멋진 풍경이 눈앞에 펼쳐져 있어도 늘 돌아가야 하는 시간과 앞으로의 여정에 생각을 뺏겨 서둘러 뒤돌아서는 어리석음에 스스로를 얼마나 책망했던가.

언젠가 인생에 대한 깊이가 남다른 어르신 한 분을 만난 적이 있다. 뭔가 풀리지 않는 고민을 털어놓으며 자기 비하적인 성향을 드러내 보였더니 그분의 말씀. 나는 결코 나 자신을 비하하는 것이 아니라고 한다. 오히려 스스로를 너무나도 과대평가하고 있다고 한다. 내 능력에 비해 너무나 높은 기대를 갖고 있기에 그 기대에 미치지 않는 나 자신을 미워하며 등을 돌리는 것이라고 한다.

이제 와 다들 그렇게 살아간다고 무작정 지난날을 포장하진 않겠
다. 또한 이 여행의 끝엔 뭔가 달라지겠지 하는 기대 따위도 하지
않겠다. 다만, 이 여행의 끝엔 좀 더 넓어진 눈과 마음으로, 그저
있는 그대로의 나 자신을 받아들이고 사랑하게 되길 바란다.

S# **20**
If……

이스탄불(Istanbul)

_BGM.20

언젠가 뒤돌아보면 제일 행복한 순간 지금일 거야
그대여 저길 봐요 나를 봐요 하나 둘 셋

— 토이, 〈Bon Voyage〉

애초에 터키는 계획에 없었다. 언젠가 한번 가보고 싶은 곳이었지만, 이번 여행의 컨셉엔 맞지 않는다 생각했다. 몇 해 전 떠났던 인도 여행에서처럼 낡은 배낭에 주머니가 주렁주렁 달린 카고 바지를 입고, 마치 고행의 길을 떠나듯 더 큰 결심과 심오한 마음가짐으로 그렇게 떠나야 하는 곳이라 생각했기 때문이다. 게다가 내겐 휴식이 필요했다. 그래서 로마에서 아테네로 넘어온 후 바로 산토리니에 터를 잡고선 서울로 돌아오는 그날까지 한 달 남짓 쭉, 그야말로 여행이 아닌 생활을 하기로 계획을 세워있다.

하지만 무식이 죄고 게으름이 원흉이다. 무작정 한 국가에 3개월 이상 머물지만 않으면 된다는 사실만 인지한 채, 유럽 내 국경의 의미가 사라져버린 쉥겐 조약의 존재는 듣도 보도 못한 것이다. 스페인 남부에서 머물며 이 사실을 처음 접했을 때 오래 여행을 했던 누군가는 모로코에 잠시 들러 여권에 도장만 찍고 다시 오라고 했지만 지중해 바람에 취해 몸을 일으킬 엄두조차 안 나 차일

피일 미루던 끝에 아테네까지 넘어왔고, 이때부터 고민은 시작되었다. 웬만하면 걸리지 않는다던데 그냥 버텨봐? 그러기엔 나는 너무 겁쟁이다. 산토리니에서 배를 타고 슬쩍 터키 남부 쪽만 다녀와? 그러기엔 또 이스탄불이 아쉽잖아. 이럴 줄 알았으면 그때 모로코 갔다 올걸. 기간은 또 왜 100일로 잡아서는……. 열흘 더 일찍 끝낸다고 지구 종말이 일어나는 것도 아니잖아.

하지만 이렇게 고민만 하고 있을 때가 아니었다. 어떻게든 결정을 내려야 할 시점. 결국 터키로 가기로 했다. 하지만 막막하다. 그 흔한 가이드북 하나 없고, 도대체 이스탄불은 어떻게 생겨먹었으며 거기까지 어떻게 가야 하는지도 모르는 상태. 다행히 여행 중 만났던 친구들 중에 한 무리가 터키를 다녀왔었다는 사실을 기억해내고, 대충 이스탄불에서 묵었다는 숙소 정보만 이메일로 받아서는 무작정 떠났다.

스무 시간에 걸친 대이동. 안 그래도 이 갑작스런 이동이 썩 마음에 들지 않는데, 옆자리 아저씨는 귀찮게 자꾸 이런저런 말을 건다. 터키 사람들의 과잉 친절에 대해 얘기는 익히 들은 바였지만 막상 닥치니 골치가 아프다.(절대 ㄱ 아저씨의 무시무시한 안내 때문만은 아니다.) 어떻게든 눈을 좀 붙여보려는데 맨 앞자리라 그런지 직선으로 들어오는 헤드라이트 불빛 탓에 잠도 안 온다. 게다가 비는 왜 추적추적 내리는지. 심지어 중간에 들른 휴게소에서 급하게 달려오다 신고 있던 샌들 끈까지 끊어졌다. 악재의 대향연. 올해 토정비결에 장거리 여행은 삼가라고 했건만, 그래서 출발하기 직전까지 불안불안했건만 여기서 딱 맞아주시는 걸까?(죄송해요, 하느님.)

그렇게 이스탄불에 도착, 드디어 3박 4일간의 일정이 끝났다. 당당히 스탬프도 찍었으니 그리스로 다시 돌아갈 일만 남았다. 하지만 나는 길을 돌아 터키 중부 카파도키아로 향한다. 떠나오기 전, 그리도 못마땅해했던 이스탄불에서 터키의 매력에 흠뻑 빠졌기 때문이다.

다리 하나를 사이에 두고 유럽과 아시아 대륙이 마주 보고 있다. 좁은 도로 하나를 사이에 두고 성당과 모스크가 마주 보고 있다. 전형적인 이슬람식 시장 바자르에 들러 알록달록한 그릇이며 전등, 향신료들을 구경하다 걸어 나오면 제노바 상인들이 건너와 지은 유럽식 건물들이 눈앞에 펼쳐진다. 갈라타 다리 위에서 먹던 고등어 케밥과 보스포러스 다리 아래서 맛봤던 감자 요리 쿰피르, 그리고 향긋한 애플티. 도시 하나에 이처럼 다양한 문화와 인종과 각양각색의 음식들이 뒤섞여 있는 것을 본 것은 처음이다.

하나를 얻으면 다른 하나는 포기해야 하는 법. 도장 하나를 얻기 위해 한 달간의 여유 있는 산토리니 생활은 접었다. 하지만 하나를 잃으면 또 하나를 얻게 되는 법. 그 여유를 버리고 나니 또 다른 새로움이 찾아온다.
마침 라마단 기간이 시작되어 밤이면 밤마다 축제 분위기를 내는 히포드롬 광장 근처에서 빙글빙글 돌아가는 세마 의식을 바라보며 생각한다. 만약 내 여행 일정이 3개월을 넘지 않았더라면, 만

약 미리 스페인에서 모로코로 넘어가 스탬프를 찍었더라면, 만약 걸리지 않을 요행을 바라며 그리스에 남아 있었더라면, 만약 그랬더라면 지금의 이런 풍경을 만나지 못했겠지. 하지만 어쩌면 그리운 집으로 돌아갈 날이 며칠 안 남아 있었을지도, 사막 투어에서 건진 밤하늘 사진을 흐뭇하게 바라보고 있었을지도, 산토리니에서의 느긋한 한 달 생활기를 작성하고 있었을지도, 그랬을지도 모른다.

그럼에도 불구하고 지금 나는 이곳, 이스탄불에 있다.

그리고 지금의 이 우연을 감사하게 생각한다.

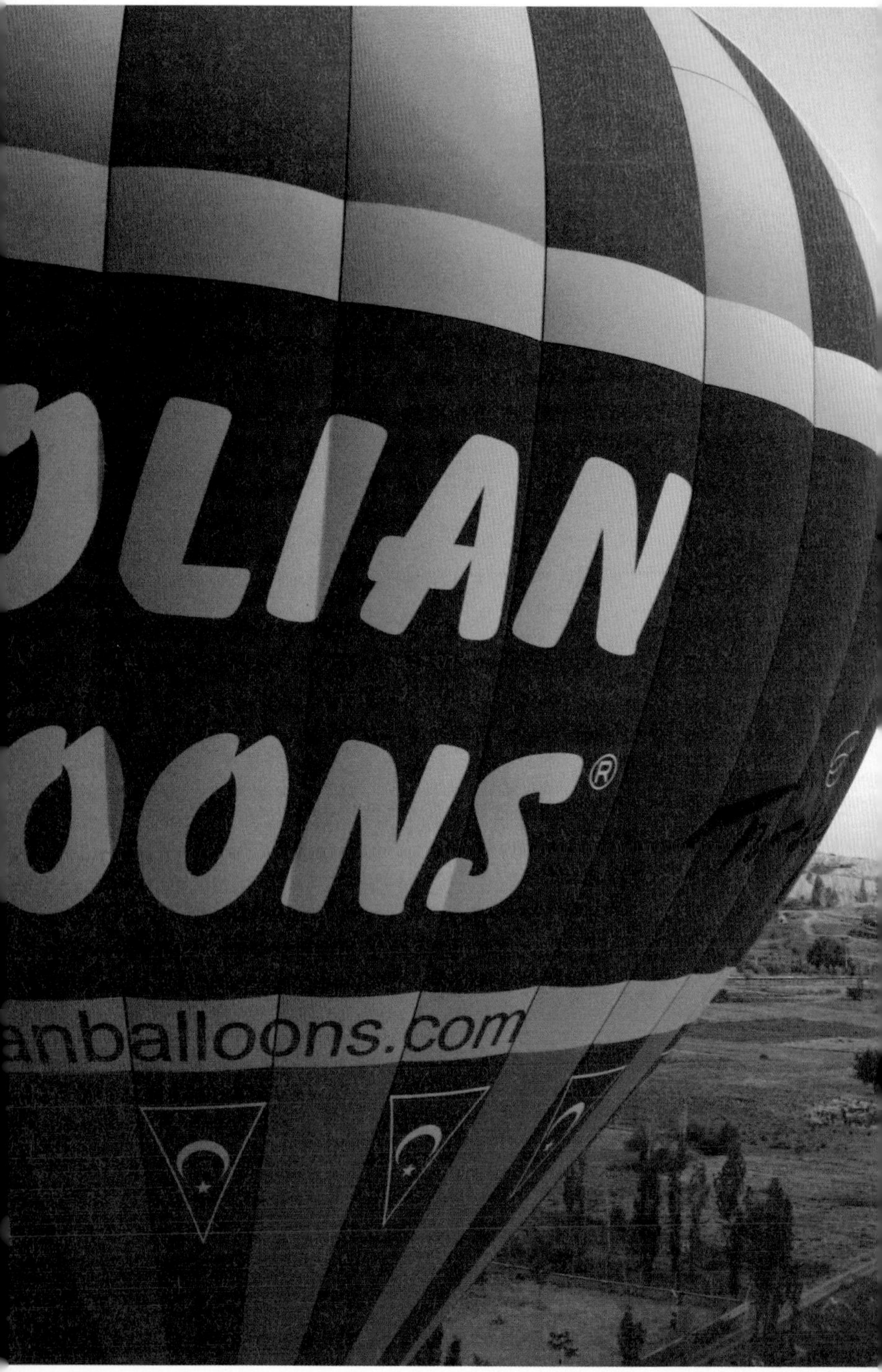
OLIAN
OONS®
anballoons.com

S# **21**

비행기 표 **찢는 사람들**

카파도키아 (Cappadocia)

_BGM.21

내가 지금껏 걸어온 이 길은 흩어진 발자국만 가득하고
내가 이제 걸어갈 저 길은 텅 빈 고독으로 가득하네

— 봄여름가을겨울, 〈내가 걷는 길〉

세 걸음 이상은 절대 걷지 않는 내가, 산이라곤 정발산 정도가 제 격이라 믿는 내가, 네 시간 코스의 하이킹 투어를 한다. 아침잠 최 고로 많은 내가, 돈 수억 준다 해도 아침 프로는 사양하고픈 내가, 꼭두새벽부터 시작하는 벌룬 투어를 한다. 이 모든 것이 가능한 건 이곳이 카파도키아이기 때문이다.(아, 물론 진짜 수억을 준다면 알람 시계 세 개씩 맞추고 일어날 의향은 있다.)

무심코 들렀다가 돌아가는 비행기 표를 찢고 눌러앉게 한다는 카 파도키아. 한 달 전 서울로 돌아갔다가 못 잊어 또다시 찾아오게 만든다는 카파도키아. 내가 머물렀던 숙소에서 실제로 이런 사람 들을 만났다.

밤새 버스 길을 달려 도착한 카파도키아. 수많은 삐끼의 손길을 뿌리치고 찾아간 펜션에서 처음 언니를 만났을 때, 상큼한 커트 머리와 생기 넘치는 표정에서 나보다 동생이 아닐까 하는 생각을

230

했었다. 제법 유명한 인터넷 매체에 몸을 담고 치열하게 일을 하다 뭔가 헛헛한 기분이 들어 모든 걸 뒤로한 채 터키 여행길에 올랐다는 언니는 바로 이곳 카파도키아에 마음을 뺏겨 주저앉아서는 여름내 펜션에서 스텝으로 일을 하다 동부 아프리카 여행을 하고 다시 돌아온 지 얼마 안 됐단다. 앉은자리에서 비행기 표를 찢어버렸다는 대목에서 "멋지다……" 하고 입을 벌리던 내게 "e-티켓이라 그렇게 뽀대 나진 않았어요" 란 농담을 던지는 언니가 왠지 더 멋져 보였다.

그리고 또 한 명의 무대뽀 여인. 그녀는 내가 이곳에 머문 지 이틀

째 되는 날 등장했는데, 신기하게도 처음 볼 법한 펜션의 다른 스텝들과 너무나도 막역하게 지내는 것이 궁금해 슬쩍 물어봤더니, 여름내 한 달 정도 터키를 여행하고 서울로 돌아갔다가 이곳이 자꾸 눈앞에 아른거려 다시 비행기 삯만 구해선 유턴했단다. 역시나 하던 일은 잠시 스톱. 아니, 어쩌면 피니쉬가 될지도 모른단다. 심지어 이곳에 있던 또 한 명의 한국인 스텝은 세계 일주를 꿈꾸며 떠나온 대학생이었는데 서유럽을 거쳐 이곳 터키까지 왔다가 앞으로의 인도와 아시아 여행을 포기한 채 머물고 있다고 한다.

어떻게 이럴 수 있지? 대단들 하다 싶다가도, 한편으론 이해가 간다. 지구 상에 이런 곳이 존재하는가 하는 생각이 들 만큼 기이한 바위들로 가득한 산길을 한없이 걷다 보면, 지금까지 내가 걸어온 길이 맞긴 한 걸까 하는 의문이 든다. 조금은 남루한 옷차림을 하고서 하루 종일 호박처럼 생긴 멜론 따위를 손질하다 눈이 마주치면 씨익 웃으면서 한 입 먹어보라는 듯 한 조각 떼어주는 친절한 사람들과 마주칠 때면, 지금껏 각박하게 살아온 내 모양새가 제대로 된 것일까 하는 회의가 든다. 거대한 풍선에 몸을 맡기고 희미한 여명에 비친 발아래 수많은 길을 보다 보면 앞으로 내가 가야 할 곳은 어딘지 감이 안 잡힌다. 기암절벽에 구멍을 뚫고 세워진 컴컴한 동굴 수도원 내부를 돌아다니다 보면 어느새 길을 잃고 그 자리에 주저앉고만 싶어 진다.

언젠가 일산에서 홍대로 향하는 921번 버스에서 보았던 광고 문구 하나가 생각난다.

— 내가 가야 할 길은 어떤 길인가?
— 어떤 길을 가야 성공할 수 있는가?
— 어떤 직업을 가져야 더욱 크게 발전하는가?

이 심오한 질문을 단돈 3만 원의 감정료에 해결해준다던 한 철학관의 ARS 전화번호를 나도 모르게 저장해두던 그 시절. 그때의 나와 지금의 나는 별반 차이가 없다. 여전히 지금까지의 내 길이 올바른 것이었는지, 현재 눈앞에 놓여 있는 이 길의 끝엔 무엇이 있을지, 이 길이 아닌 다른 길을 선택했을 때 과연 무사히 그 긴 여정을 마칠 수나 있을지 아무것도 모를 일이다.

석양이 아름답기로 유명한 카파도키아의 로즈벨리를 향하는 하이킹. 지도는커녕 선셋 포인트까지 가는 길의 표시는 그저 중간중간 빨간 스프레이로 찍찍 그어놓은 화살표가 다다. 앞서 가는 이도, 뒤따라오는 이도 없다. 무작정 이 길만 따라가면 될까 싶어 다른 길을 기웃대다가 혹시나 해서 돌아가다 보면 다시금 기다렸다는 듯 화살표가 나타난다. 맞게 온 건지 아닌지도 모른 채 그렇게 도착한 정상. 어떻게 여기에 이런 곳이 있을까 싶은 간이 카페에서 시원한 물 한 잔을 들이켜며 지는 태양을 바라본다. 어떻게든 걸어온 이 길. 조금은 헤맸을지도 조금은 돌아왔을지도 모른다. 그리고 어쩌면 지금 이곳이 처음 생각한 목표 지점이 아닐지도 모른다. 하지만 그 길에서 마주친 서늘한 바람 한 줄기와 달콤한 포도 몇 송이에 충분히 감사한다. 그리고 지금 이 순간 눈앞에 펼쳐진 일몰은 그동안의 그 어떤 화려한 야경보다 아름답다.

아직 정상에 이르지 못한 나의 길. 너무 빠르지도, 너무 느리지도 않게 주위에 놓인 많은 것에 감사하며 그저 한 발 한 발 걷다 보면 언젠가 이곳에 닿게 되겠지. 얼음처럼 차가운 물 한 잔 정도는 대접받을 수 있겠지.

날아 오르다

페티예(Fethye)

_BGM.22

네 자신을 몰아치지 마 그런 딱딱한 마음만 늘 가지고는
매일 똑같은 생각만 네 머릿속에 맴돌고 있는 거야
노는 게 남는 거야

- 더클래식, 〈노는 게 남는 거야〉

제주도에서 보낸 학창 시절. 방학이면 서울에서건 어디서건 손님
들이 내려왔는데, 그때면 늘 가족 단위로 한림항에서 배를 타고
차귀도나 비양도 같은 섬의 바닷가에 가는 게 일종의 코스였다.
어른들이 다시 배를 타고 바다낚시를 나가면, 우린 작은 분교 운
동장에 터를 잡고 놀기 시작했다. 훨씬 어렸을 땐 흙장난을 하거
나 가까운 바다에서 물장구도 치고, 또 머리가 좀 크고 나서는 괜
히 잘난 척 나무 그늘 아래서 잘 넘어가지도 않는 어려운 책을 읽
는 시늉을 하기도 하고 그렇게 시간을 보내고 있노라면 어느새
아빠들은 그득해진 그물망을 들고 돌아왔고, 엄마들은 분주히 매
운탕이며 횟거리를 준비했다. 빨갛게 달아오른 어깨가 따가워지
면 먹다 남은 수박 껍질로 문질러가며 웃고, 먹고, 떠들고, 노래를
부르고……. 그러다 보면 어느새 스르르 잠이 밀려오곤 했다.

기나긴 여행 끝에 만난 페티예는, 그야말로 긴 학기 끝에 맞는 방
학 같은 기분이었다. 너무나도 저렴한 가격으로 너무나도 많은 것

을 즐길 수 있었던 곳. 처음 도착한 순간부터 결심했다. 그래, 놀자. 까짓거 놀아버리자.

첫 번째 놀자판의 무대는 보트 투어. 우리 돈으로 만 5천 원이 넘지 않는 비용을 지불하면, 배를 타고 페티예 근처 열두 개의 섬을 돈다. 한동안 항해를 하다 적당한 위치와 타이밍이 나타나면 30분에서 한 시간 정도 운행을 멈추는데, 그럼 그 사이 무작정 배에서 뛰어내려 수영을 하다가 다시 출발 신호가 울리면 갑판에 올라 선탠을 한다. 그렇게 잠시 잠깐 졸다 쉬다 하다 보면 다시 다이빙 코스. 가끔은 갑판 2층에서부터 연결된 미끄럼틀을 타고 한 번에 싱~ 바다로 뛰어들기도 한다. 나름대로 먹음직한 점심 식사는 기본에, 저렴한 가격으로 맥주나 커피를 즐길 수도 있다.

처음엔 발이 닿지 않는 바다에서 제대로 놀 수 있을까 걱정했는데, 내 몸에 제주 해녀의 피가 흐르는지 지치지도 않고 물질(!)을 하는 나를 보며 스스로 감탄을 하기도 했다. 그렇게 한나절 실컷 놀다 숙소로 돌아오면 어느새 기진맥진해서 잠이 드는데, 다음 날 일어나 보면 피부가 뽀송뽀송하다. 많이 자고, 많이 움직이고, 많이 먹고, 또다시 많이 움직인 덕분이다.

두 번째 날은 패러글라이딩에 도전했다. 이탈리아에 있을 때 스위스를 거쳐 온 여행객들이 알프스의 전경을 내려다보며 패러글라이딩이나 스카이다이빙을 경험했던 이야기를 들려줄 때마다 그 용기가 부럽기만 했는데, 이곳에 오니 훨씬 저렴한 가격으로 브룩쉴즈 주연의 영화 〈푸른 산호초〉의 배경이 됐던 블루라군의 해안선을 한눈에 내려다볼 수 있단다.

갑작스런 정보 습득! 이것저것 생각할 겨를이 없다. 우선 해보자. 악덕 삐끼들을 조용히 따돌리고 꽤 정직한 가격으로 협상을 맺고는 지프를 타고 산 위로 오른다. 말이 지프지 그저 쇠파이프 따위로 얼기설기 얽어놓은 차로, 마치 어설픈 트럭에 매달려 고속도로 위를 달리는 돼지 새끼들의 신세처럼 포장도 안 된 산길을 오르는데, 처음엔 스릴이 넘치더니 잠시 후엔 공포가 밀려온다. 바퀴 하나 더 지나가지도 못할 좁은 길 바로 옆은 그야말로 낭떠러지. 한라산 높이에 가까운 그 높은 산꼭대기까지 먼지를 뒤집어써 가며 얼이 빠져 도착하니, 곧바로 패러글라이딩 작업에 착수한다.

사전 연습 같은 건 없다. 뭔가에 홀린 듯 조금은 불안해 보이는 장비를 착용하고 그저 유창한(?) 한국어를 구사하는 조교의 "달리기! 달리기!" 멘트가 끝날 때까지 대여섯 발자국 뛰었을 뿐인데,

어느새 하늘을 날고 있다. 마침 해가 지던 시간. 숨이 턱 하고 막히면서 '아, 정말 내가 날고 있는 것일까?' 하는 생각과 함께 괜히 눈물이 났다. 이유는 모르겠다. 그저 억지로 맞춰본다면 석양이 너무 예뻤고, 바다가 너무 푸르렀으며, 바람이 너무 시원했다는 정도? 뒤에서 날 받쳐주며 함께 날던 조교는 내가 무서워서 우는 줄 알고 계속 우리말로 "괜찮아? 괜찮아?"를 연발했고, 나 역시 입에서 나오는 대로 "괜찮아. 괜찮아" 안심을 시켰다. 조금 진정이 되니 한 바퀴 휙 회전을 한다. 울다 말고 "와우!" 소리를 지르니 좋아서 그러는 줄 알고 한 번 더 돈다. 욱! 바이킹 500회 탄데미지. 멀미가 확 난다. "내가 지금…… 일몰이 너무 예뻐 그러는데…… 제발 움직이지 말고, 하늘만 보게 해줄래?" 좀 있어 보이게 주문을 하니 알았다는 듯 천천히 천천히 날갯짓을 하며 바람과 같은 속도로 움직인다.

그렇게 오래오래 바닷속으로 태양이 가라앉을 때까지 나는 날고 있었다. 그리고 생각했다. 이 정도 무게로도 날 수 있구나. 체중계이 숫자를 말하는 것이 아니다. 마음의 무게를 말하는 것이다. 땅이 꺼져라 한숨을 쉬고, 자려 누우면 온몸이 침대 아래로 가라앉는 것 같은 무게감에 괴로워했던 몇 달 전의 나로서는, 지금 이렇게 아무 생각 없이 그저 얄궂은 날개 하나와 밧줄 몇 개에 몸을 매달고 훨훨 날 수 있다는 사실이 믿어지지 않았다.

미리미리 계획을 짜고 준비를 하면서 어떤 과정을 거쳐 이렇게 날 수 있는지 앞서 알았더라면, 어쩌면 덜컥 겁이 나 포기했을지 모

른다. 당구 큐를 손에 쥐
고 과하게 힘주다 보면
백이면 백 빗맞게 되는
법. 중요한 순간 앞에선
의도적으로라도 힘을 빼
야 한다. 너무 많은 생각
과 무게감은 금물이다.

무라카미 류는 소설 『69』
의 작가 후기에서 이런
말을 한다. "즐겁게 살지 않는 것은 죄"라고. "세상에 대한 유일
한 복수의 방법은 그들보다 즐겁게 사는 거"라고. 그동안 나는 너
무 많은 죄를 짓고 살았다. 드디어 즐거울 순간이 왔다. 불끈 움켜
쥔 주먹의 힘을 풀고, 세상에 복수를 하듯 그렇게 한판 신나게 놀
아젖혀 볼 것이다. 니들, 다 죽었어!

S# **23**

오후만 있던 그곳

파묵칼레, 셀축(Pamukkale, Selcuk)

_BGM.23

그날 이후로 나는 알았다
습관이란 건 너무 지독해
사랑이 떠난 그 빈자리에 나는 또 누군가 기다려

– 불독맨션, 〈잘 가라 사랑아〉

날이 갈수록 터키에서의 여정이 길어진다. 이스탄불에서 그리스로 되돌아가야지 했다가 카파도키아만 들르자 했던 것이 어느새 페티예까지 내려오게 됐고, 여기서 배를 타고 그리스로 바로 넘어가려 하다가 어영부영 셀축으로 향한다. 그리고 이 긴 여정 안엔 현의가 있었다.

카파도키아 숙소에서 만난 현의는 나와 많이 다르면서도 또 많이 닮았다. 매일 아침 세팅을 한 듯 굽이지는 긴 웨이브 머리에 뽀얀 피부, 새침한 듯 옹다문 도톰한 입술, 그리고 조용조용한 말투까지 나오는 전혀 다른 여성스러움의 극치. 하지만 음악이나 음식 따위의 취향이 너무나도 비슷하고, 일을 그만두고 무작정 떠나왔다는 것도 같으며, 낯선 곳에선 화장실엘 잘 가지 못한다는 조금은 부끄러운 공통점과 함께 가장 중요한 공통분모는 바로, 무지하게 게으르다는 것이다. 타이트한 계획 없이 그냥 하루하루 시간과 기분에 몸을 맡긴 채 흘러가듯 여행을 하는 그 속도와 내용이 너

İYANET İŞLERİ
BAŞKANLIĞI
YAYINLARI
ATIŞ BÜROSU

무나도 잘 맞아떨어졌다. 덕분에 카파도키아에서 일정을 초과하고 만 것도, 놀고먹는 게 다였던 페티예에서의 기간도 현의가 있어 좋았다.

그렇게 그녀를 따라 또 다른 도시로 흘러 들어간다. 터키 여행을 오는 이들이라면 꼭 들른다는 고대 도시 에페소가 있는 셀축. 그리고 그곳에 가는 길엔 마치 눈이 쌓인 듯 새하얀 석회층들이 인상적인 파묵칼레가 있다고 한다. 숙소에서 만난 또 다른 이들의 조언에 따르면 아침 일찍 파묵칼레에 도착해 반나절 돌아보고 다시 오후에 출발하는 셀축행 버스를 타면 시간이 딱 맞는다고 한다. 아침 일찍이라……. 우리가 일어날 수 있을까? 살짝 고민은

됐지만 워낙에 잘 쉬고 잘 논 덕분인지 왠지 할 수 있을 것만 같은
의지가 불타올랐다.

결론부터 말하자면, 어찌어찌 그날 저녁 무사히 셀축까지 도착은
했다. 하지만 우선 페티예에서 마지막 밤, 이 파라다이스 같은 곳
을 두고 떠나야 한다는 사실이 못내 아쉬워 미적미적했고, 다음
날 아침 8시 반 버스를 타기 위해 꼭두새벽부터 짐을 챙기면서 돌
무쉬를 타고 우리의 숙소가 있던 올루데니즈에서 페티예 시내 정
류장까지 가야 하는 여정이 귀찮아 결국 택시를 불러 탔으며, 차
창에 사뭇 머리를 박아가며 졸다 도착한 파묵칼레는 너무너무너
무 아름다웠지만 너무너무너무 덥고 너무너무너무 사람이 많았

내가 믿고 따르며 옳다 여기는 것을
당당하게 내보일 수 있는 굳은 심지, 강한 뚝심

다. 아무리 온천수라고는 하지만 수많은 사람의 발길이 머문 그 미지근한 물에 나 역시 발을 담그려 하니 조금은 찝찝하기도 했다. 하여 결국 대충 둘러보고는 밥만 든든히 먹고 다시 셀축으로 향했다.

설렁설렁 다니다 너무 촉박하게 움직인 탓인가? 셀축에 도착하고 나니 손가락 하나 까딱하기도 귀찮다. 숙소에서 제공하는 저녁을 먹고 터키식 카펫이 깔린 마당에 드러누워 배나 두들기다가 다시 또 잔다. 그리고 다음 날. 에페소나 가볼까 하다가 만사가 귀찮아 동네 한 바퀴 산책이나 하고 다시 카펫 위로 쓰러진다. 침대에 나란히 누워 얘기한다. "에페소는 언제 가지?" "내일 가지, 뭐." 그리고 다음 날 저녁 같은 얘기를 반복한다. "에페소는 언제 가나?" "내일 가, 내일."

결국 숙소 스텝의 차를 빌려 타고 그 주위만 한 바퀴 빙 도는 것으로 에페소에 대한 의무를 마치고는 해가 중천에 뜬 다음에야 일어나 대충 밥을 먹고, 책이나 몇 장 읽다가, 밤새 다운 받아둔 드라마를 보는 것으로 소일거리를 하는 일상이 계속됐다. 그렇게 시간을 허비한 끝에 어느새 현의는 서울로 돌아가야 할 날짜가 다가와 다시 이스탄불로 떠났다. 그리고 나는 혼자 남았다.

촌스럽게 눈물 글썽이는 이별의 시간을 나누고 돌아와 둘이 쓰던 방을 혼자 독차지한 채 다시금 드라마를 본다. "이선균 왜 이렇게 멋있니?" "어머머, 드디어 키스하나 봐." 듣는 사람 하나 없는 빈 방에서 혼자 중얼거리는데, 그 낯선 목소리가 벽을 타고 다시 귀에 꽂힌다. 뭐 하는 거니, 나 지금? 매일매일 초특급 울트라 슈퍼 메가톤 액션 스릴러 스펙터클 서스펜스 리얼 어드벤처 휴먼 다큐 멘터리스러운 일들이 펼쳐질 거라 상상했던 나의 여행이, 이렇게 진한 로맨스 한 번 꽃피우지 못한 채 시들어가다니……. 갑자기 누운 채로 하늘에 대고 기도를 하기 시작했다.

"하느님, 너무하시는 거 아니에요? 아니, 진짜 제가 큰 거 바라는 것도 아니고, 그냥 여행 중에 한 번, 그냥 따악 한 번, 잊지 못할 로맨스 한 번 이뤄지게 해달라고 그렇~게 기도를 했는데, 이거 하나 안 들어주시는 거예요, 증말? 누가 결혼까지 시켜달라고 했냐고요. 그냥 로맨스요, 로맨스. 지나가는 바람 같은 로맨스. 그거 하고 싶다고요, 그거. 아 진짜 생각할수록 열 받네."

그러다 드는 생각. 로맨스든 연애든 불륜이든, 어디 집 밖엘 나가야 누굴 마주치기라도 하지. 이건 무슨 로또 한 장 사지도 않고 만날 1등 당첨되면 뭐 할까 궁리하는 꼴도 아니고, 어따 대고 화풀인지, 원.

갑자기 하느님께 죄송한 마음이 확 들었다. 아까 화내서 죄송하다는 매우 시트콤적인 기도를 다시 한 번 올리고는 멋진 배우 주연의 로맨스 한 편을 머릿속으로 그려가며 그렇게 조금은 헛헛한 마음으로 잠이 들었다. 내일이면 나에게 어떤 일이 일어날지 상상조차 하지 못한 채.

S#24

우리들이 함께 있는 밤

쿠사다시, 사모스, 미코노스
(Kusadasi, Samos, mykonos)

_BGM.24

이대로 거짓 없는 눈빛으로 나를 바라보는 그대를 사랑해
말없이 믿으면서 오가는 두 마음
우리들이 함께 있는 밤

- 오석준, 〈우리들이 함께 있는 밤〉

그리스로 가야 하는 날이었다. 그럴 수밖에 없는 날이었다. 이제 더 이상 터키에서의 그 어떤 계획도, 정보도, 만날 사람도 없었으므로. 그리고 어서 빨리 산토리니를 만나고 싶었으므로.

그렇게 쿠사다시 항구에 도착했다. 심지어 조금이라도 편하게, 잠시라도 빨리 가기 위해 거금 25리라를 들여 픽업 서비스까지 신청해서. 하지만 그렇게 도착한 쿠사다시의 선착장은 분위기가 매우 험악했다. 바로 이날 그리스로 떠나는 모든 배-그래봤자 내가 탈 사모스행 배가 다였지만-의 출항이 취소됐다는 이유로. 그리스의 모든 선박 회사가 파업을 했단다. Strike. 처음엔 이 단어가 어찌나 생소하게 들리던지. 그러곤 얼마나 막막해지던지. 셀축으로 다시 돌아가야 하나? 더 머물고 싶었던 페티예로 다시 가? 아님 이스탄불로 넘어가서 다시 버스를 타고 아테네로?
나의 상황은 그나마 나은 편이었다. 누군가는 이미 그리스에서 다른 곳으로 넘어가는 비행기 표를 끊어놓은 상황이었고, 또 누군가

는 사모스는 물론 앞으로 도착할 미코노스, 산토리니, 크레타, 아
테네까지의 모든 숙소 및 교통편을 예약해놓은 상황이었다. 그나
마 아무런 계획이 없는 내가 속은 편했다.

모든 계획이 짜여 있던 사람들은 또 다른 계획을 위해 하나둘씩
떠나가고, 아무 계획이 없던 나는 조금은 여유를 되찾은 상태에서
앞으로 어떻게 할까…… 생각하는 중이었다. 그때, 한 청년이 말
을 걸어왔다. 그의 이름은 제이미. 브루나이 화교 출신 아시안 아

버지와 스코틀랜드 출신 유러피언 어머니를 두고 스코틀랜드에서
태어나 유년기는 싱가폴에서 청년기는 호주에서 보낸 매우 인터
내셔널한 방년 25세 청년. 언뜻언뜻 유러피언 같기도 하고 또 아
시안의 느낌도 나는, 마치 내가 좋아라 하는 사토시를 닮은 청년.
그는 이미 나흘 동안 이곳 쿠사다시에서 머물렀고, 오늘 그리스로
넘어가려 했는데 또다시 발이 묶인 상태라고 한다.

그저 이곳은 그리스로 향하는 배가 뜨는 항구도시라는 정도의 정
보만 가지고 있었던 나는, 이곳에 대해 조금은 더 많이 아는 그를
따라 며칠 동안 그가 묵었다는 펜션으로 향했다. 이보다 더 열악
할 수 없는 그곳. 각종 오물 냄새와 얼룩진 시트가 눈을 찌푸리게
했지만, 하룻밤에 8천 원 정도라는 가격에 위안을 삼으며 어차피
하룻밤만 묵고 갈 거 눈이나 붙이자 하는 심정으로 짐을 풀었다.

이젠 뭘 해야 하나 고민을 좀 하는데, 이곳에도 좋은 비치가 있다

며 그가 안내한다. 이름 하여 레이디스 비치. 동양인이라곤 단 한 명도 없는 그곳에서 내가 유일한 아시안이라고 신기한 듯 얘기했더니, 원 플러스 하프라며 자신 또한 아시안이라고 콕 집어 얘기해준다. 귀여운 녀석.

옆에서 선탠을 하며 신문을 읽고 있던 한 터키인 할아버지는, 당신의 큰형님이 한국전쟁에 참전했었다며 반가워해 주신다. 역시 터키와 한국은 형제의 나라. 어딜 가나 환영해주는 그 친절함이 이곳에선 더욱 따뜻하게 느껴진다. 그렇게 마음이 풀어진 탓일까? 이곳 레이디스 비치에서 난, 넘지 말아야 할 선을 넘고 말았다. 그 선은 바로…… 더 이상 넘어가면 안 된다고 인명 구조용으로 바다에 설치해둔 로프!(과도한 상상을 하신 분들이라면 잠시 달아오른 얼굴을 식히셔도 좋습니다.) 수영만큼은 자신 있다고 큰소리쳐왔지만, 사실 난 체계적으로 수영을 배워본 적도 없고, 심지어 바다에선 그저 모래사장 가까이에서 물장구치며 노는 게 다였으며, 튜브 하나 끼지 않고 발이 닿지 않는 바다에 떠 있어 본 건 페티예보트 투어에서가 전부였다. 그런 내가 사람의 흔적은 보이지도 않고 그저 제트 보트만이 씽씽 달리는, 수심 10미터는 족히 넘을 법한 그 먼바다까지 나간 것이다.

사실 맨 처음 그가 저기 저 로프까지 가보자고 했을 때, 농담이려니 했다. 돌아갈 힘이 남아 있어야 하니 혹시라도 힘이 들면 미리미리 얘기하라고 진지하게 말했을 때, 이미 그 전에 중도 포기할 거라 받아쳤다. 하지만 앞으로 앞으로 나아갈수록 두려움보다 더 큰, 뭐랄까…… 짜릿한 성취감이랄까? 아님 한 번도 가보지 못한

곳에 대한 호기심이랄까? 그런 것이 생기기 시작했고 어느새 난 로프 가까이까지 가게 된 것이다. 헐떡대는 숨을 몰아쉬며 줄을 붙잡고 저 멀리 모래사장을 바라보고 있을 때의 그 기분이란……. 정말이지, 이번 여행 중에 느낀 가장 큰 희열이라 할 수 있겠다.

다음 날 아침. 이젠 정말 터키와는 안녕이다. 사모스에 도착하자 마자 나는 미코노스행 배를 타고, 그는 아테네행 페리를 타고 각자의 길을 가면 그뿐이다. 하지만 이번엔 배가 없다. 쿠사다시에 발이 묶여 하루 늦게 도착한 탓에 격일로 있는 배를 탈 수가 없다는 것. 별수 없이 경비를 아낀다고 또 같이 다닌다. 그동안 여행길에 찍은 서로의 사진을 구경하고, 각자의 아이팟에 담긴 노래들을 공유하며 이어폰을 나눠 낀 채 함께 듣고, 추억을 남긴다며 한쪽 팔을 쭉 당겨서는 겨우겨우 한 장의 사진을 남기고……. 로맨스가 별건가? 이게 바로 로맨스지. 이 정도로 만족을 하고 숙소로 돌아오는데, 그가 말한다. 잠시 아테네는 접고 나를 따라 미코노스로 가겠다고.

그 후로 우리는 함께했고, 미코노스 옛 항구에서 각자 아테네와 산토리니행 페리로 나눠 타면서, 그렇게 나의 짧은 로맨스는 끝이 났다.

언젠가 배 위에서 선두에 있는 걸 좋아하는 사람은 미래를 중요시하는 편이고, 뒤편을 선호하는 사람은 과거에 연연하는 편이라는 이야길 들은 적이 있다. 배의 앞머리에서 저 멀리 보이는 육지를 바라보는 것을 좋아하는 그와 꽁무니에 기대어 부서지는 파도의 파편을 구경하는 걸 좋아하는 나. 하지만 우리는 쓸데없는 과거를 묻지도 않았고, 의미 없는 내일을 기약하지도 않았다. 그저 현재 이 순간에 충실했을 뿐이다.

먼 훗날 언젠가 눈부시게 파란 바다를 마주치게 될 때, 무심코 스탄 게츠의 음악을 듣게 될 때, 우연히 파울로 코엘료 소설을 손에 쥐게 될 때, 어쩌다 비밀 자물쇠의 번호를 단번에 맞추게 될 때, 맛있는 복숭아 주스 한 팩을 발견하게 될 때, 예정된 무언가가 어이없이 취소되는 상황이 될 때, 낯선 어딘가에서 다정하게 입맞춤을 하는 연인들을 바라보게 될 때…… 어제 함께했던 우리의 시간을 떠올리고 내일 각자의 모습을 상상하게 될 것이다. 그리고 생각할 것이다. 버스조차 다니지 않던 슈퍼파라다이스 해변을 찾아 헤매다 드디어 그곳에 도착했을 때 기뻐하던 나를 보며 아이 같다고 했던 그의 얘기를. 말도 안 통하고 길도 모르는 이 낯선 유럽

땅덩어리 안에서 아무것도 모르는 한낱 갓난아이에 불과한 내가 이렇게 수많은 사람을 만나 교감을 하고 이 먼 길을 돌아 여기까지 온 걸 보면 나는 매우 Brave하고 Courageous한 Baby임에 틀림없다는 그의 확신을. 그리고 지금 이 순간 우리는 파라다이스를 찾았고, 그만큼 한 뼘은 더 자랐을 거라는 그의 믿음을.

지금 나는 또 다른 어딘가로 향하는 배의 정중앙 시트에 앉아 있다. 슬픔도 기쁨도 그 어떤 감정의 낭비도 없이 아주 편안하고 기분 좋게, 조금은 훌쩍 자란 마음의 키를 품고서. 오늘만은 내가 썩 괜찮은 아이처럼 보인다.

S# **25**

숨 고르기

산토리니 (Santorini)

_BGM.25

그리고 그려 그리고픈 오래된 숲을 얻었어
내가 떠나온 길을 보며 손을 흔들어
커다란 운동장이 있었고 오래된 느티나무 한 그루
언제나 내 기억 속엔 우리가 함께 머물던 풍경

— 스웨터, 〈그리고 그려 그리고픈〉

언제부터였더라? 내가 무언가 혼자 하는 걸 어색해하지 않게 된 것이. 생각해보면 어렸을 때부터—그래봤자 중·고등학교 때지만 어쨌든 그때부터— 혼자 버스를 타는 건 좋아했던 것 같다. 바퀴가 올라와 남들은 불편해하는 뒤에서 두 번째 창가 자리에 앉아, 이어폰 하나 끼고 창밖 구경을 하며 버스 타기. 이런 취미는 서울로 올라와서 더욱 조예가 깊어졌다. 1번 버스를 타고 늘 그렇듯 한남동을 지나 쭈욱 앞으로. 허름한 서울의 뒷동네를 거치며 졸다 보면 어느새 정릉 종점이다. 그럼 내려서는 길 건너 아무 버스나 골라 타는 거지. 운 좋으면 세검정 길로 해서 광화문까지 직행. 다시 내려 혼자 서점도 들르고, 세종문화회관 뒷마당도 들르고, 음. 배가 고프면 혼자 패스트푸드점에 들어가 햄버거에 콜라도 마셨다. 그리고 다시 아무 버스—이쯤 되면 강남 언저리행을 타줘야 한다—나 잡아타고 목이 아파 쳐다보기 힘들 만큼 높은 빌딩을 구경한다. 지저분한 청계 고가도로 변 건물과 사뭇 다른 그 위용에 조금은 쫄면서.

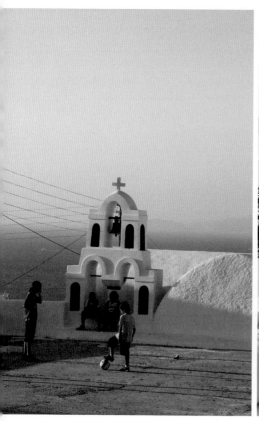

학교 앞에서 타는 83−1도 좋았다. 봄에는 남산의 벚꽃이, 가을에는 남산의 낙엽이 눈을 즐겁게 해준다. 특히 5월경이 되면 창문 밖에서 불어 들어오는 아카시아 냄새가 예사롭지 않다. 언젠가 혼자 남도 지역을 여행하고 나서는 혼자서 무언가를 하는 걸 더욱 즐기게 됐다. 혼자 극장에 가고, 혼자 냉면집에서 사리 추가해가며 냉면도 먹고, 심지어 혼자 노래방 가는 일도 그리 창피하지 않다. 단, 모든 일을 다 끝내고 혼자 일어나 남은 일을 처리−예를

들면 돈을 지불한다든가, 매표소 입구를 다시 나선다든가 하는―
하는 일이 좀 멋쩍긴 하지만. 그래도 그 기분, 즐길 만하다.

어느새 혼자가 되어 도착한 산토리니. 새삼스러울 건 없다. 몇 번
의 경우를 제외하고는 그동안도 쭉 그래왔다. 하지만 이곳에서만
큼은 혼자이고 싶지 않았다. 꼭 연인이 아니더라도 마음에 맞는
누군가와 함께 하얀 절벽 사이로 넘어가는 노을을 바라보고 싶었

기 때문이다.

그분들을 처음 뵌 곳은 사모스였다. 그리스로 들어가는 배가 출항하지 않는다는 소식에 낙담하고 숙소를 찾아 헤매던 중 역시나 같은 신세로 헤매는 한국인 청년 둘과 일본인 처자 둘, 그리고 지난 1년간 아시아를 거쳐 터키까지 여행을 하다 이곳까지 오게 됐다는 바로 이 두 분의 여스님을 만난 것이다. 마침 괜찮은 조건의 펜션을 알아내 같은 숙소에 묵으면서 가까워진 우리는 미코노스로 넘어와 자연스럽게 헤어졌는데, 이분들 역시 다른 팀들과는 달리 산토리니로 방향을 잡으신 걸 산토리니 선착장에 도착해서야 알게 되었다.

결국 그렇게 산토리니의 아주 작은 펜션 하나에는 두 분의 스님과 한 명의 날라리 가톨릭 신자가 함께 방을 쓰고, 밥을 먹고, 산책을 나서는 장면이 연출되었다. 핫팬츠와 민소매 차림의 신장 174짜리 고목나무 하나와 회색빛 승복에 밤톨 같은 민머리를 가진 선한 표정이 들꽃 같은 둘의 조합은 지나가는 모든 이의 시선을 끌기에 충분했고, 그러거나 말거나 우리는 마음껏 거리를 활보했다.
근처 화산섬을 돌아보는 투어에서는 비키니 차림의 반라의 여인들 틈에서 티셔츠에 반바지 차림으로 물에 뛰어들어 온천욕을 즐기시고, 채식주의자를 위한 메뉴가 형편없는 레스토랑을 뒤로한 채 숙소에서 직접 쌀을 씻어 밥을 하고 김치를 담가 한 그릇 뚝딱 드시면서 혹시라도 남긴 음식은 다음 날 공양을 한다고 손수 챙겨 동물들에게 나눠주시고, 가끔은 길을 걸으며 가사가 예쁜 속세의

노랫가락을 흥얼거리시다가도 식사 전후, 혹은 잠들기 전 정갈한
마음으로 기도를 하시던 두 분. 그리고 언제나 평안한 낯빛으로
나의 모든 게으름과 불안정한 감정을 다독여주시던 두 분.

깊게 가라앉은 그릭 커피처럼 여행 막바지까지 생각을 정리하지
못한 채 침잠해 있던 마지막 하나의 고민을 조용히 털어놓았을
때, 그분들은 역시나 서두르지 않고 그저 묵묵히 들어주시고, 천

천히 답을 알려주셨다. 감사한 마음을 전하며 드는 생각. 이분들이라고 고민이 없으실까? 어딜 봐도 사랑스러움 그 자체인 이곳 산토리니에서 세상 가장 큰 기쁨이자 선물인 사랑의 감정을 나누는 연인들을 보며 혹시라도 부러움을 느끼진 않으실까? 1년이 넘는 여행 기간 동안 단 하루라도 무거운 승복을 벗어던지고 훌훌 가볍게 다니고 싶진 않으셨을까? 하다못해 이 맛있는 세상의 음식들을 눈앞에 두고 한 번이라도 유혹을 느끼진 않으셨을까?

나는 종종 두 개의 마음 사이에서 싸움을 벌이곤 한다. 일탈을 꿈꾸는 마음, 그러면서도 평범하고 안전하게, 조금은 착한 사람처럼 보이며 지내고 싶은 마음. 뭔가 나를 벗어던지고 싶다가도, 나를 둘러싼 많은 것을 떠올리면 또 금방 주저앉곤 한다. 그러면서 생각한다. 바보 같다고, 패자라고, 본능에 충실하지 못한 채 부모가 만들어놓은 기대와 세상이 그어놓은 잣대와 하늘이 정해버린 운

명에 등 떠밀려 가는 비겁자라고. 하지만 이분들에 비해 나는 얼마나 제멋대로인가. 온몸에 시트를 둘둘 만 채로 늘어져라 늦잠을 자는 나와는 달리 매일 아침 단전호흡을 하며 정갈하게 심신을 가라앉히는 두 분을 보면서 생각했다. 어쩌면 이분들이야말로 진정한 승자가 아닐까?

종교는 다르지만 각자 마음속에 품고 있는 단 한 분의 말씀을 기분 좋게 나누던 시간들, 나란 존재가 얼마나 미약한 것인지 또 나란 존재가 얼마나 대단한 것인지 다시 한 번 깨닫게 해주신 시간들. 이 시간들이 있었기에 원래의 계획보다 훨씬 짧아진 산토리니에서의 며칠이 아쉽지 않고, 소중하다.

이제 슬슬 돌아가야 할 시간. 조금은 충만해진 마음으로 두 분이 알려주신 대료 숨을 들이마시고, 또 내쉰다. 너무 들뜨지 않고, 그렇다고 너무 가라앉지 않는 정중동의 순간. 이렇게 나의 짧고도 길었던 여행은 끝을 향해 달려간다.

여행의 끝, 그리고 시작

아테네, 나프플리오(Athens, Nafplio)

_BGM.26

시작은 늘 작고 하찮은 우연
모든 사랑도 그 모든 비극도
그렇지만 더 중요한 건 지금 네가 내 곁에, 내 곁에 있다는 것
사랑하고 있다는 것

- 윤상, 〈A Fairy Tale〉

"그러니까요, 스님. 제가 이렇게 될 줄은 진짜 몰랐다니까요.

제가 얼마나 겁쟁이고 자신감 결여인 아이였는데요.

아우, 지금은 뭐…… 이만하면 괜찮잖아요? 그죠? 킥.

사실은 제가 진짜……

학교 다닐 땐 친구 정말 많았거든요.

그냥, 세상 사람들이 다 좋았어요.

덕분에 남들 예스 할 때 노 하긴커녕,

다들 노 하는데도 혼자 예스! 하곤 했지만요.

근데 일을 하다 보니깐 점점 성격이 변하더라고요.

혼자 괜히 선을 긋고요, 무슨 크리스마스 카드 고를 때

누구 건 멜로디 카드 사고

누구한텐 밋밋한 걸로 그냥 보내는 것처럼

막 채점을 하는 거예요.

게다가 저, 얼마나 낙천적이었는데요.

이 게으름이 다 낙천적인 성격에서 온 거라니까요.

어떻게든 되겠지, 아님 말고…… 이게 제 인생의 신조였거든요.
근데 아니더라고요. 아닌 걸, 여행 와서 알았어요.
무지 낯가리고요, 무지 소심하고요,
걱정이란 걱정은 사서 하고,

매일매일이 후회의 연속인 거예요.

하지만 이제 좀…… 괜찮아진 것 같아요.

아니 뭐, 그렇다고 아주 예전으로 되돌아간 건 아니지만

내가 이런 아이란 걸 안 게 어디예요.

고쳐지면 감사한 거고, 아님…… 또 말고요.

그러고 보니 감사한 거 투성이네.

이렇게 두 분 만난 것도 그렇고,

이렇게 멋진 나프플리오에 온 것도 그렇고,

이렇게 무사히 돌아가게 된 것도 그렇고.

이제야 미련 없이, 아쉬움 없이 돌아갈 준비가 된 것 같아요.

여행 내내 막막했던 100일 후의 일상이, 왠지 막 기대가 돼요.

여행의 끝이 아니에요.

이제 다시 시작이에요.

근데요. 저 오늘, 왜 이렇게 말이 많죠?

정말로……

다시 예전의 말괄량이 홍양으로 돌아간 걸까요?"

나 홀로 여행의 필수품 하나, 책

여행길, 누구나 한두 권쯤 챙겨 가는 책. 나 역시 가이드북은 챙기지 않으면서도, 무거운 양장본 소설책에서부터 얇디얇은 디스커버리 총서까지 몇 권의 책을 짊어지고(실은 끌고) 출발했다. 그리고 첫 번째 도착지였던 파리에서 바로 후회했다. 이 무거운 것을 내가 왜 바리바리 싣고 왔던가. 그 다음부터는 무서운 속도로 읽어 내려갔다. 한 권을 해치우면 바로 다른 한국인에게 선물을 하고, 또 한 권을 해치우면 민박집 혹은 호스텔에 기증을 하고. 이렇게 한 권 한 권 없애 가면서 나의 가방은 점점 가벼워졌지만 마음은 무거워졌다. 아, 이젠 뭘 읽어야 하나?
하지만 다행히도 우리가 읽을 만한 것들은 도처에 깔려 있다. 영문판 소설이나 불어만 가득한, 그저 보기에는 그림책이나 진배없는 그 앞에서 괜히 자책할 필요도 없다.

우선 심심할 때 집어 들기 좋은 현지 패션 잡지들! 사진만 보면 그뿐, 글은 필요 없다. 그리고 평소 할리우드 소식에 관심이 있었다면 대충 사진 속 인물의 표정이나 뭐라 뭐라 꼬부랑 말로 적힌 헤드라인 끝의 느낌표 혹은 물음표만으로도 이게 어떤 내용의 기사인지 충분히 추측, 아니 이게 아니더라도 상상까지는 할 수 있다. 나의 경우엔 나라별로 한 권씩 패션 잡지를 구해서 봤는데, 그마다의 편집 아웃트라인이나 중요시하는 스타들의 순위가 조금씩 다른 점을 발견해내면서 읽는 재미가 쏠쏠했다.

지역신문도 나름대로 재밌다. 물론 무슨 말인지 역시나 알 수는 없지만 대강의 사진들을 보며 이 동네에 요즘 어떤 일이 일어나고 있는지, 어떤 사건 사고가 생겼는지 조금은 눈치챌 수가 있다. 로마에 머물던 어느 날, 언제나 문이 닫혀 있는 캄피돌리오 광장의 시청사가 개방되어 그 안에 들어가려는 수많은 인파를 본 적이 있었는데, 지나가는 사람들이 들고 있던 신문에서 그날이 AS 로마 구단주의 장례식이 있는 날이란 걸 알아차리고는 그 줄에 합세하여 들어가서 추모를 하고 온 일도 있다.

세계에서 가장 과학적이라는 우리 한글이 그리울 땐 역시나 한국 사람들을 만나면 된다. 각자의 배낭이나 트렁크엔 이미 다 읽은 책들이 한두 권쯤은 있기 마련. 미련을 버리고 과감하게 교환을 한다. 그렇게 다른 이에게 받은 책을 읽다 보면, 앞서 읽어 내려가며 표시해둔 밑줄이나 메모가 눈길을 끈다. 이 책을 인연으로 다시 한국에 돌아와 또 다른 만남을 갖게 되는 경우도 나에게는 있었다.

하지만 이중에서 가장 경제적이며 오래오래 여운이 남는 방법이라면, 단 한 권의 책을 여행 내내 읽고, 또 읽는 것이다. 나로 말하자면 처음 여행을 떠날 때 이미 수차례 완독을 한 여행서 한 권을 챙겨 갔는데, 마지막 서울로 돌아오는 그날까지 그 여행서만큼은 버리거나 남에게 주지 않고 외울 정도로 읽었더랬다. 마치 한번 봤던 영화를 또 한 번 봤을 때 전엔 발견하지 못한 사소한 소품 하나라든가 마음에 닿지 않던 대사 한 줄에 또 다른 감동을 얻듯, 책은 그보다 훨씬 새로운 선물을 전해주기도 한다.

나 홀로 여행의 필수품 둘, 음악

혼자가 아니라도 여행 그 자체로부터 떼려야 뗄 수 없는 필수 불가결한 그것, 음악. 세상이 좋아져서 무거운 CD를 몇 장씩 싸가지고 가지 않더라도 많은 종류의 음악을 그때그때 들을 수 있다. 특히 외국인 친구를 만났을 때 서로의 MP3 플레이어에 저장된 자기 나라의 유행하는 노래들을 서로 공유하면 그 독특한 멜로디와 리듬에 대해 얘기할 거리가 또 하나 생겨나면서 한결 가까워질 수 있다. 지금도 박찬욱 감독의 열혈 팬이었던 한 독일인 친구에게 즉석에서 다운을 받아 올드보이 OST 음원을 선물했던 일과 어떤날의 음악을 특히나 좋아하던 이스탄불 호스텔에서 만난 한 영국인 음악학도가 떠오른다. 그리고 내 노트북 D 드라이브 한쪽에 저장되어 있는 터키 가요들의 몽롱함과 떠들썩함도.

갖고 있는 음악이 지겨워질 땐 제일 잘나가는 바나 카페에 가는 방법도 있지만 유명한 쇼핑센터를 찾는 것도 좋은 방법이다. 바르셀로나나 로마, 피렌체 등 조금은 큰 도시에서 오래 머무를 때는 돌아다니다 지칠 때면 ZARA나 H&M과 같은 대형 의류 매장을 내 집처럼 드나들곤 했는데, 딱히 살 옷이 없더라도 평소엔 입어보지도 못할 과감한 디자인의 옷들을 집어 들고 피팅룸에 들어가 하나씩 입어보면서 스피커에서 흘러나오는 가장 '잇'한 최신 유행 음악에 맞춰 패션쇼하듯 그야말로 쇼를 한판씩 벌여보는 것도 재미나다.

나 홀로 여행의 필수품 셋, 노트북

떠나기 전 가장 고민고민했던 물품 중 하나였던 노트북. 하지만 돌아
올 땐 제일 기특했던 물품이기도 했다. 여행 중에 만난 이들은 간혹
내가 노트북을 꺼낼 때면 그 무거운 걸 어떻게 가지고 다니느냐며 한
소리 하기도 했지만, 얼마 지나지 않아 그 편리함에 조금은 부러운
눈치를 보였다. 다행히 나의 노트북은 11인치에 불과한 작은 녀석이
라 그렇게 큰 짐이 되지 않았는데, 대부분의 호스텔과 호텔에서는 무
선 인터넷을 무료로 이용할 수 있게 되어 있어 미리 많은 정보를 갖
고 가지 않아도 편리하게 찾아볼 수 있었다.

또한 긴 여행에서는 사진 관리가 중요한데, 메모리 용량을 고민할 필
요 없이 그때그때 백업을 해둘 수 있어 좋았다. 듣고 싶은 노래가 있
으면 바로 다운 받아 들을 수 있고, 보고 싶은 영화가 있으면 바로 볼
수 있고, 그리운 가족과 친구들에게 연락하기도 용이하다.(단점이라
면 유럽의 인터넷 상황은 우리나라에 비해 훨씬 열악하여 드라마 한 편 다운
받으려면 거의 밤을 지새워야 한다.)

영화 얘기가 나와서 말인데, 나의 경우엔 출발하기 전 내가 들를 나
라별로 폴더를 만들어 그곳을 배경으로 하는 영화들을 담아 갔다. 비
슷한 풍경이 나오면 영화를 돌려 보면서 그림 맞추기를 하고, OST
가 좋은 영화라면 그 음악까지 챙겨 바로 그 도시의 그 장소에서 들
었다. 그렇게 하다 보면 그저 그런 관광지에 불과할 수 있는 그곳이
조금은 더 특별해진다.

*내가 챙겨 갔던 영화들

스페인 : 〈그녀에게〉 〈귀향〉 〈스페니쉬 아파트먼트〉

프랑스 : 〈라붐 1, 2〉 〈아멜리에〉 〈마르셀의 여름〉 〈프렌치 키스〉

이탈리아 : 〈냉정과 열정 사이〉 〈무솔리니와의 차 한 잔〉
　　　　　〈인생은 아름다워〉 〈로마의 휴일〉 〈일 포스티노〉

그리스 : 〈지중해〉 〈청바지 돌려 입기〉

나 홀로 여행의 필수품 마지막, 친구

가끔은 혼자인 것도 좋지만, 또 가끔은 혼자보단 둘이, 혹은 여럿이 좋을 때가 있다. 그럴 때 좋은 게 혼자다. 무슨 얘기냐고? 친구 둘 혹은 셋씩 다니다 보면 아무래도 새로운 사람을 만나는 데 벽을 느끼게 되는 경우가 있는데, 혼자인 경우엔 하다못해 생존을 위해서라도 먼저 누군가에게 말을 건네게 되는 법. 그렇게 짧은 인사 하나로 친구가 될 수 있다. 다섯 살 꼬마나 일흔아홉 할아버지나 여기서는 모두 친구다. 높임말도 낮춤말도 없다. "올라" 혹은 "차오" 한마디면 어느 정도의 벽은 허물어진다. 간혹 보면 외국인 앞에서 얼어붙거나 아니면 "또 한국 사람이야? 지겨워" 이러면서 애써 시선을 피하며 돌아서는 이들도 있는데, 아니 열네 시간씩이나 비행기를 타가면서 국경을 넘은 사람들이 왜 사람과 사람 그 좁은 사이의 벽은 넘지 못하는지 이해를 못 하겠다……라고 하기엔 나도 가끔은 저와 비슷한 경험을 한 적이 있다. 하지만 여행 끝에 얻은 교훈 하나. 그곳엔 한국인도 외국인도 없다. 그저 여행자만 있을 뿐이다.

그렇게 인사를 나누며 교환한 연락처가 어느새 수첩에 가득하다. 그
중 몇몇은 지금까지도 연락을 하며 만남을 지속하고, 그중 몇몇은 몇
번의 이메일 교환 끝에 연락이 끊겼으며, 또 그중 몇몇은 시도조차
하지 않았다. 그렇다고 아쉬워하거나 슬퍼할 필요는 없다. 어차피 나
의 인연이라면 다시 그 끈이 이어질 것이며, 아니라도 함께했던 추억
만은 어디엔가 남아 있을 테니. 하지만 더 많은 인연을 위해서라면
조금은 먼저 부지런해질 필요는 있는 법. 언젠가 사람이 그리운 날이
면, 지금의 이 수첩을 꺼내 들 것이다. 그리고 그동안의 얘기와 지난
날의 추억을 함께 나눠야지. 그 순간 나의 편지를 받은 그들의 얼굴
에서 잔잔한 미소 하나 떠오른다면 나는 참 많이 행복할 것이다.

Closing

I, I had a dream, even if I was thrown away and ragged.

It was the dream keeping deep in my heart like a treasure.

When someone sneered behind me unknowingly

I had to bear, I could bear for the day.

People say an vain dream is poison like they are anxious about it.

The world is irreparable reality like a book that has ending.

Yes, I, I have a dream. I believe the dream. Watch me.

I can face up to the cold wall of fate grandly.

Someday, I will be able to jump over the wall and fly high up in the sky.

Even the heavy world cannot tie me.

In the end of my life, let's have the day of smiling with me.

— 누군가의 도움을 받아, 누군가에게 적어줬던 〈거위의 꿈〉 가사